做最好的自己

一位青年律师的成长笔记

ZUO ZUIHAO DE ZIJI

付永庆 著

北方文艺出版社

图书在版编目(CIP)数据

做最好的自己 / 付永庆著. —— 哈尔滨：北方文艺出版社，2023.6
ISBN 978-7-5317-5910-2

Ⅰ.①做… Ⅱ.①付… Ⅲ.①自传体小说–中国–当代 Ⅳ.①I247.5

中国国家版本馆 CIP 数据核字(2023)第 081324 号

做最好的自己
ZUO ZUIHAO DE ZIJI

作　　者 / 付永庆	
责任编辑 / 张贺然	装帧设计 / 云上雅集
出版发行 / 北方文艺出版社	邮　编 / 150008
发行电话 / (0451)86825533	经　销 / 新华书店
地　址 / 哈尔滨市南岗区宣庆小区 1 号楼	网　址 / www.bfwy.com
印　刷 / 长沙市精宏印务有限公司	开　本 / 880mm×1230mm 1/16
字　数 / 160 千	印　张 / 12.5
版　次 / 2023 年 6 月第 1 版	印　次 / 2023 年 6 月第 1 次印刷
书　号 / ISBN 978-7-5317-5910-2	定　价 / 69.00 元

◎ 作者一家四口

一路向前

黑夜里，我没有停下脚步
我要一路向前
野兽的吼声让人胆战心惊
我却装着镇定自若
因为害怕它发现我的脆弱

猫头鹰的眼睛总是挂在树梢
注视着我
我没有因此而停留脚步，因为
我害怕那犀利的眼神会刺透我的心灵
我还要，一路向前

路上的花
牵绊了我前行的脚步
让我放慢步伐
欣赏她的婀娜多姿
不行！我必须一路向前
因为还有无数期待的眼神

但我很感谢
是你们促使我不得不前进
是你们让我懂得黑夜里依然有美丽
谢谢，谢谢你们允许
允许我成为你们生命中的过客

不要怜悯我

> 2007年，我18岁，正值高考，因而对未来既怀了憧憬又充满着焦虑，于是偶尔也会在紧张的复习中写下一两行诗。
>
> ——题记

收起你那奇异的眼神
这就是我
一个堂堂正正的我

我很不幸，是的
但这不是我博得别人同情的资本
我要用自己的努力
证明我并不是乞讨者
我要用自己的汗水
浇灌我这不幸的生命

我知道，不幸
并不意味着就只能做生活的弱者
请收起你那怜悯的眼神

我不期望谁的赠予
也不奢望幸运之神降临
只愿
我用毅力与执着换未来
你们能认可
而不是怜悯

生活已经对我很不错了
至少，它还能让我努力拼搏

故土

> 那是乘坐在从北往南的火车上，我望着窗外，望着从河北、河南的一望无际，进入到湖北、湖南的高山大川，一时兴起写了如下诗行：

沉寂了千年的故土

我即将唤起你沉睡的记忆

离别时

是如何的依恋、懵懂

如今，那曾带我离别的列车

又将载我归来

归来

回到往日的纯真无瑕

目录 MULU

第一辑 书香清逸

张爱玲的倨傲与灰暗 …………………………………… 003

快意恩仇伍子胥 ………………………………………… 006

"死不逢时"的曾国藩 …………………………………… 008

读《我的前半生》有感 ………………………………… 011

再读《红楼梦》 ………………………………………… 013

读《弗洛伊德心理学》 ………………………………… 015

"朝九晚五"之外的江湖 ………………………………… 017

莎翁，灵魂导师的存在 ………………………………… 019

不会有出路的"祥子" …………………………………… 021

《金瓶梅》里的悲凉 …………………………………… 024

金庸逝后忆"神雕" …………………………………… 026

我们的腾飞之路 ………………………………………… 028

第二辑　信来信往

与父亲聊聊天吧 ………………………………………… 033

一封寄往天堂的信 ……………………………………… 038

愿与你，结百年之缘 …………………………………… 045

写给即将到来的宝贝 …………………………………… 050

我的宝贝叫"洁茹" …………………………………… 054

宝贝，愿你平安喜乐 …………………………………… 060

你是我的"二宝" ……………………………………… 065

兄弟，你的未来不是梦 ………………………………… 072

写给两位未来的合伙人 ……………………………………………… 076

第三辑 致敬岁月

写在年末岁初 ……………………………………………………… 087
回顾2018，展望2019 ……………………………………………… 092
致敬2020，规划2021 ……………………………………………… 101
后两年大学生涯的规划书 ………………………………………… 108
三年的收获与展望 ………………………………………………… 114

第四辑 律政思维

回到家乡，永顺 …………………………………………………… 123
一条抖音引发的感想 ……………………………………………… 126

行走在悲情边缘 …………………………………………… 130

停电逸事 ………………………………………………… 135

我和我的湘西 …………………………………………… 139

漫想 ……………………………………………………… 141

新疆之行 ………………………………………………… 143

七年之后回银川 ………………………………………… 147

到北京听课学习 ………………………………………… 153

在凯里高级中学的演讲稿 ……………………………… 163

在南京大学的演讲 ……………………………………… 171

写在路上 ………………………………………………… 182

第一辑 书香清逸

做最好的自己 01

DIYIJI SHUXIANG QINGYI

◎ 南京大学硕士毕业

张爱玲的倨傲与灰暗

前段日子在图书馆中淘书,正巧看到一套《张爱玲作品全集》,心里一动,想起这是一直想读而未读的人物,便如获至宝般买了下来。早很多年,我便读过一本《小团圆》,因而全十册的《张爱玲作品全集》到手之后,我看的第一部便是《倾城之恋》。

在《倾城之恋》里,张爱玲写道:"近三十的女人,往往有反常的娇嫩,一转眼就憔悴了。"我突然觉得这话有些熟稔,于是合上书静默了几秒,突然想起这20世纪初的文字,用现在的眼睛去观察周遭,也还是一样的情形。这些在战乱年代里的爱情,被作者以细腻的文笔捕捉,洞察人情,

练达世事，各种心理与动作描写都让人仿佛是提着一口气在读，紧了怕"挤爆"气场，松了怕心情直坠，即使到读完，那一口气还是吊在半高，有一些说不出来的余韵与难受。

接下来，我看完了《红玫瑰与白玫瑰》《金锁记》《花凋》《沉香屑·第一炉香》，这些篇目都是我比较喜欢的。

都说张爱玲的作品总有一种颓废、凄凉与凄美的感觉，她笔下的人物不是心理有病，就是身体有病，或者身体和心理都有病。

《金锁记》中的七巧便是心理与生理都有病的一个典型，她从农村嫁入没落豪门，伺候着身体有缺陷的丈夫，在这个封建遗老家庭里过着自己的生活。她也具有村姑的气质：嗓门大、爱搬弄是非、不讨人喜欢也不喜欢别人；爱自己的儿女却不知如何教育儿女，最后将儿女们都引诱到了抽大烟的道路上，她觉得只有这样才能让儿女们长期留在身边。看着七巧便会联想到生活中的一些人，这些人同样斤斤计较、说长道短，有着各种不同的小毛病让人烦闷不堪。而张爱玲，却将这类人刻画得惟妙惟肖，真是令人惊叹。

看完《到底是上海人》这篇短文，便由此知道了张爱玲正是那种以精致和精明闻名于世的"上海女子"，她优雅、犀利、懂得文墨，极会享受生活，正所谓"文能写文章，武能绣鞋垫"。这样的女子也是有意思的，上海那座都市便也因她而充满了诱惑，让我一时间特想到上海的里弄去走走，或者还能看到眉目精致的旗袍女子，烫着大波浪的长发，扭着细腰肢，撑着油纸伞从身边经过，黄浦江码头的大船拉起了汽笛，发出

"呜——"的一长声鸣叫。

或许，我也能"于千万人之中遇见你所遇见的人，于千万年之中，时间的无涯荒野里，没有早一步，也没有晚一步，刚巧赶上了，那也没有别的话可说，唯有轻轻地问候一声：'哦，你也在这里吗？'"

当张爱玲从父亲和后母处逃离出来，她光脚踩在地上，"每一步都是对大地深切的一吻"，这种极具个性与灵性的表达，所传达的凄美让我有些陶醉又叹息。张爱玲去投奔生母，这一去也改变了她的命运，后来去（中国）香港大学，再回到上海，写作，成名，爱上胡兰成，离开内地又去香港地区，到美国，直到凋落。这便是张爱玲的一生。

她的"人生"不同于路遥的《人生》。张爱玲曾经说过："无产阶级的东西我是不会写的。"她本就出生并成长于一个清朝遗少的家庭之中，没有"无产阶级"的相关经历，她作为一个女人能在战火纷飞的动乱时代里写一些文字，哪怕只是一些生活性的内容，那也是属于一个觉醒时代的印记，属于这个时代之中女人留下的印记，同样是宝贵的、精美的。

张爱玲只是追求了个人的小天地、小幸福，这是她所求，纵然求而未得，但她的"不幸运"，她的文字，却成了这浩浩文坛的一件幸事。

快意恩仇伍子胥

公元前522年，奸臣费无忌嫉妒伍奢的成就，用奸计使得楚国国君相信伍奢与太子建要造反，楚平王听信谗言，一怒之下废了太子建，并杀了太子建的师傅伍奢及其长子伍尚，伍奢的次子伍子胥逃离楚国。伍子胥是个天纵之才，擅长谋略，因此楚平王不可能放过他，于是画影图形，设下重重关卡到处捉拿伍子胥。伍子胥先奔宋国，因宋国有乱，又想去投奔吴国。在路过陈国的时候，逢昭关（今安徽省含山县北）于两山对峙之间，前有大河，还有重兵把守，伍子胥走投无路，急得一夜间须发皆白。幸有东皋公巧妙安排，让他换装混过昭关，到了吴国。伍子胥立誓报仇，终于协吴灭楚，且鞭楚王尸三百。

我是非常欣赏伍子胥的，因为他有本事有脾气，是个敢于快意恩仇的男人。作为楚国臣子，伍家有志护国，一门忠良，但楚王不义在先，使其家破人亡。伍子胥逃出生天，敢于不忘与强楚的不共戴天之仇，这是他作为儿子的孝、勇、能。当我看到伍子胥带兵攻破楚国，将楚王鞭尸时，心里极其畅快。报仇就得这样，畅快淋漓，所有的隐忍都只为了这一刻。他让我知道了真正的道义。

"我现在来灭你，是因为我在你这里的时候是忠臣，恪守了君臣之道，是你首先破坏了契约法则，那你就必须为你的行为付出代价。"这正是伍子胥震撼我的地方，一般人不敢冒天下之大不韪灭国弑君，他是有仇必报，有恩则还，哪怕肝脑涂地。

其实，伍子胥的死也和他的忠有关。灭楚之后的夫差胸无大志，全无忧患意识，陷入了温柔乡，纸醉金迷、醉生梦死，对国事不闻不问，让勾践有机可乘。但伍子胥却不忍弃有知遇之恩的夫差于不顾，而悄然离去。他还是那个忠臣，一个不惜命，不畏生死的忠臣。

这一次，在吴国，在伍子胥自己投向的"第二故乡"，在他一心要报效和辅佐的夫差面前，他又被赐死了，头颅挂在了城墙之上，誓要看着勾践攻城的时刻。

在乱世，多么有能力的人物，都可能会成为一个悲剧，这是时代的痛，是历史，无人能够避免或左右。但我们读史，还是会从史书里读出古人的豪壮与自己的情怀，读出一种亘古不变的、世人推崇的气概。

一切风云，都随雨打风吹去。

"死不逢时"的曾国藩

以前只是听了些片面的小故事，心里不免有些轻蔑曾国藩，认为他搞屠杀，居然打太平军，在风雨飘摇的晚清大搞窝里斗，去维护那百孔千疮的大清王朝，真是逆天而行。

渐渐地，我有了许多机会读曾国藩，多层面、多角度地了解与思考，才知道他是如何由一介儒生转变为湘军首领的，这期间他付出了多少辛劳与汗水，又是有着怎样的考量与追求。

按后世对曾国藩其人其才的了解，他的本事绝不至于会三考秀才而不中，但事实就是如此冰冷残酷，这对他无疑是天大的打击。要知道，一个读书人，连个秀才都考不上，那他就只能与胸无点墨的平民百姓同一个平台了。到底是受朝廷腐败、作弊风气盛行影响，还是"天将降大任于斯人"之前的考验，那就不得而知了。毕竟后来曾国藩位高权重，是朝廷的"代言人"式的人物，又德高望重，想必就是明明被黑幕过，也不好宣之于世吧。屡遭挫折的曾国藩一度都打算放弃"功名"之路了,但他还是扛过了逆境,以惊人的毅力支撑着,继续努力,最终走出了"万里长征的第一步",考到了秀才身份。

既然重门关不住,一枝红杏已出墙,命运便不再与曾国藩为难了。

中进士、点翰林,后来的曾国藩可以说得上是一帆风顺,仕途坦荡。朝廷从不缺才子,也不缺能臣,但明哲保身那也是为官之道。曾国藩若随波逐流,那也是富足安逸的官家;如能"为民做主"多行点儿好事,那自然是万民感戴。若他要想"上进",有各种手段可以成为皇帝眼前的红人,位高权重则真金白银,和珅就走的此道。但湖湘儿女个性分明,敷衍塞责、浑水摸鱼,那是万万不能的。曾国藩胸怀家国,更不可能听任大清摇摇欲坠,危机四伏。他冒死进谏险些丢了性命,他一度彷徨迷茫四顾,大清虽像一摊稀泥糊不上墙了,但对当时的曾国藩来说,他身在稀泥之中,只拥有这样的环境与条件,他就能给自己找个借口,能放弃心中的梦想吗?

咸丰二年夏,时任工部左侍郎的曾国藩丁忧回乡,四十二岁的他不愿清闲,顶着并不强健的身体办起了团练,想为朝廷培养一批能打胜仗的湘军。领兵打仗,那可比枯坐朝堂要艰辛和危险多了,曾国藩冒了极大的风险。

初办团练,曾国藩既无钱又无兵,还受到同僚们的排挤。更重要的是,虽然他屡战屡败,却能从中看到希望,鼎力支撑起了团练这面大旗,带出了一批闻名于世的湘军,甚至扬名后世,以"湘军"二字为骄傲。也正是这种智慧与勇气，成就曾国藩"晚清名臣""中兴第一功臣"的千古之名。

"我若早死三年，便也落得一世英名。"曾国藩说。

至此，我也开始为曾国藩叹息了。曾国藩为清廷奔波十几年，太平军被剿灭之后，接下来便是亘古不变的"鸟尽弓藏，兔死狗烹"的结局。曾国藩还想继续坚持，誓死捍卫大清，最终在"天津教案"中身败名裂。

读《我的前半生》有感

我之所以对《我的前半生》产生兴趣，主要是对中国历史上最后一个皇帝有那么一点儿好奇，对中国两千多年的帝制有那么一些迷惑与不解。究竟是什么力量能让一种寄生和剥削的东西存续几千年？

从各方面来看，溥仪只是一个天生的普通人，智慧和能力毫不出众，但他却生于帝王家，从小被皇权思想灌输，以为唯我独尊才是他的命运。于是，我们看到一个天真烂漫、无拘无束的小小人儿，离开了父母，被拘束在一所冷漠的皇宫里，并被一群老古董迂夫子培养成了既无能力又无权

势的接班帝，清亡家灭之后，还被引诱和培养成了痴狂的复辟者。

历史不会因谁的意志而停滞不前，它不管盛世还是战乱，都在一往无前地挺进。封建社会支离破碎，帝国主义作恶横行，中华在铁蹄下沦为半殖民地半封建国家，愚昧的国民遭到杀戮，无辜的妇人受到侮辱，可就在这样的时代里，仍旧有那么一帮人过着骄奢淫逸的生活。他们无比尊贵，他们自私得冠冕堂皇，他们杀人如麻还能博得世人同情。

一群人有被奴役的习惯，一群人有奴役他人的理念；几千年里，一方肝脑涂地战战兢兢谢主隆恩，一方穿金戴银佳丽三千皇恩浩荡。他们一拍即合，君臣父子，哪怕生得如狗，死得如蛆，都愿意。当然，我们也看到，这是知识结构，是见识和世界观局限了他们。也许，这就是历史的正常进程。

地域、时代、信仰的不同，会演变出一万种差异。

历史未必会给每个人一个公正的审判，但溥仪等到了。这个清王朝的最后一个皇帝，他有了其他皇帝从来没有过的待遇和新生，他可以有机会让大脑接受一些新的观念和想法，从高台上摔下来之后，他还有机会结束流亡，最后跟人民站到一起，成为人民的一员。

当然，我也还是很佩服溥仪的，毕竟他还能如此诚恳、这样有勇气地将自己被人唾弃的前半生公之于世。

《我的前半生》是一段历史记录，也是一个人生死荣辱的写照，我从中得到的感触便是——活着，要做一个对社会和他人有用的人。

再读《红楼梦》

说道辛酸处,荒唐愈可悲;
由来同一梦,休笑世人痴。

第一次读《红楼梦》时是在初中,当时只知道这是一本名著,据说前八十回是曹雪芹所著,后四十回是高鹗续著。那时候我也就是草草地读了一遍,痴男怨女,吃饱了撑着,风花雪月里伤春悲秋,读完了我也并无多少感慨,心道这书究竟有何魅力,能让世人给它至高的赞誉。

现在,我又抽时间将它重读了一遍,居然也会为之掉几颗热泪。现在我能看懂了,也觉得故事太悲苦,那世道太荒唐。

我不敢想象曹雪芹是凭何完成前八十回的，也不明白他为什么要这么写，这么执着地写。他肯定不是为了名或者利，那些都是虚无缥缈的东西。

曹雪芹在"举家食粥酒常赊"的情况下熬了十年，却只为著一本书，向世人讲述一段爱恨交织的故事。并且，这故事的结局还不是他自己完成的。

我和世人一样，充满了好奇，多么想知道曹雪芹到底是想给这故事如何一个结局。但不可知了，一百年，一千年，后世谁也不可能再知道。这让人揪心的谜之结局啊！因而说，高鹗也是伟大的，毕竟他给了我们一个结局，而不是让世人悬心得郁闷。要续写一本书，还接洽得如此巧妙无痕，也是一桩天大的难事。

或者，作者写的就是自己的心苦，不抒发是过不去的。世家公子沦为乞讨者，需要放弃的何止是财富，所要面临的也不仅仅是贫穷。以前的荣誉、尊严不知要被多少人践踏；昔日的好友也不知有几人还记得他；家破人亡的苦楚更是折磨着作者的心灵。终究还是以"满纸荒唐言，一把辛酸泪。都云作者痴，谁解其中味？"而向世人描述了自己的心境。

不在乎有多少人能够懂得自己，也不在乎世人骂自己痴或傻。只愿将自己所处时代的悲剧向世人展现，要将这扭曲人性的制度向世人剖析。问世间有情人，有几个在封建制度下找到真爱？

我读《红楼梦》，最后只读到了许多人的痛，许多人的恨。

还好，那是别人的时代，别人的故事。

读《弗洛伊德心理学》

人的心灵真是一个奇怪而美妙的东西。从小接受"人之初，性本善"的教育，便以为每个人都是善良的，有一点儿私心生起，都会觉得这是心中产生了恶，只有不断加强修养，才能将心中的"恶"除掉。

后来，在不断接受教育的过程中，特别是受一些西方思想的影响，才发现有些理论是反过来的，他们信奉"人之初，性本恶"，坚信人们要去学校接受教育，学会如何受到法律与道德的约束，不要将心中的恶释放出来，累及他人。

说来，其实有私心只是人性某一个方面的体现，但有私心何尝又不是一件好事？因为有私心，人们都想过上更好的生活，要过上好的生活则必须努力；人们在努力的过程中，会发挥更大的潜力，推动社会的进步。再说，私心是人人都有的，但是否释放私心，是否掠夺和伤害他人，还是会受到法律与道德的影响和约束。

人们富裕了，能过上好日子，国家也能获得更多的税收，去发展和建设国家，并帮助贫困者。有私心的人，和贪图私利的人，他也不见得就会是坏人，而无数社会现实都让人们看到，富人做出的慈善事业比穷人更深远更广泛，这是多么好的一个结局呀！

慢慢地，我能正视良心的成色与我心底深处，那些极原始的欲望。

读完弗洛伊德的心理哲学，感慨原来人的一切行为都与性欲有关，虽然这样的结论可能会让你我都有些"无地自容"，但仔细思考、沉思几分钟。人类难道不是一直思考，一直在研究，一直在反省，一直挖掘自我，并一直在进步吗？

答案是肯定的。原来在进步的过程中，我们逐渐在认清自我。丑陋的东西不要去刻意隐蔽它，我们要做的是如何利用丑陋，用法律与道德去规范、约束它，最后服务于我们和社会。

哲人的智慧总是启迪我们的心灵，走近哲人，拥抱智慧。

"朝九晚五"之外的江湖

金庸的小说写得自然是各种奇幻际遇，修成至高武功，遇到绝世好人或坏人，然后江湖义气、快意人生，但细细品味，其中各种人物便又脱不了现实生活中某些人的影子，或者一种集合体。我们喜爱忠厚老实的郭靖、古灵精怪的黄蓉，冰清玉洁的小龙女，怜惜命途多舛却玩世不恭的杨过，当然还有洪七公、周伯通那样玩世不恭，欧阳锋那样的坏人，和一些敌人……这些人物形象都被作者刻画得活灵活现，这些人物身上的个性特征，也可以在许多现实人物身上找到。

侠之大者，行侠仗义，为国为民。江湖好汉、绿林朋友，总得义字当头，有一套自己的规则。敢许他们带有以血偿血、以牙还牙的"野蛮落后的"复仇思想，但人类之初，在文明之始，好像哪个文明都是从这些情节中起步的。这些人类最原始、最直接处理矛盾的一种方式，在最初的文明史中能满足人们"尊严和安全的基本需要"，自卫和复仇是人的本能，也是生存的法则。但那些抛开个人仇怨，以民族之生存和国家之大义为先的人，在任何时候都是让人敬佩的。

在中国古代的封建专制制度下，一部分人在夺权，一部分人在谋利，而草民却只能在饥寒贫病线上挣扎生死，偶尔有几个陈胜吴广，也说不上什么民主意识；也曾有那么一丢丢"法治意识"，却没什么公平公正可言。善始终存在着，但善在弱者手里，又有什么用呢。于是，有人便纵一支笔去书写，在书中得一身盖世武功能快意恩仇，除狗官打贪官威胁昏君保护漂亮的弱者，无所不能，以至于还为民请命、卫国防侵。——毕竟，人类还是宣扬真善美，弘扬正义与气节的。

但是，回到现实，能决定自己有理的还是钱和权，武功高强的侠士谁也没有见过几个，因而弱者的生存始终是艰难的，这种情形一直到了现代，有了完善的法制来管理社会，才给了弱势群体与强者相同的权利和安稳。

金庸的武侠，那些感人至深的故事，高超无比的武功，都只能是茶余饭后的娱乐版，供人休闲快意抒发一点儿情怀，然后收拢情绪继续过朝九晚五的平常日子。你看，书中是一个世界，朝九晚五是另一种世界，真正要换，恐怕没几个人会舍得拿当下的安稳去换那些动辄就要论生死的情仇。想来，法治社会才是最能给人幸福和安稳的世界啊！

莎翁，灵魂导师的存在

以前，穿梭于图书馆和教学楼之间，偶尔注意一下屹立于道路两旁的石雕。觉得莎士比亚是一个丑丑的老头儿，他秃着头，还有塑得那么难看的胡须及脸形。由于对他作品的了解并不深入，因而钦佩也就有限，只知道他是一个伟大的文学家、文艺复兴的领袖人物。

但现在，当我读完了他的经典作品，读懂了那些悲剧与喜剧，对他也就有了新的看法。明白为什么当时的英国说他们宁愿失去十个印度也不愿意失去一个莎士比亚。是啊，对于一个如此有思想有才华的人，世人理所当然地奉上更多尊重和喜爱。于是，这时候再回想那丑老头儿的雕塑，便觉得是幽默的、丰富的，满满的智慧之光华了。

人们常说，悲剧就是将美丽的东西撕碎给人看。莎翁的悲剧不仅将美丽的东西撕碎了，还用的是最优美、哲理性的文字，启迪我们的心灵，让我们在读完他的悲剧过后不是咬牙，而是重新思考人生，珍惜自己的幸福。《罗密欧与朱丽叶》的故事教我们忘怀仇恨；《奥赛罗》的结局使我们相信忠贞；《哈姆雷特》的尾声让我们摒弃邪恶，只有痛定思痛，深入发掘自己的优劣，懂得扬弃，然后才能取得进步。莎翁的喜剧是十分幽默的，足以令读者捧腹不止，又能在欢乐之中获得智慧的启迪。读这样的书，人生是快意的，我也能旁观《仲夏夜之梦》，看仙人们参与凡人的乐事，跟着《温莎的风流娘儿们》一起调侃贵族的生活，甚至在《威尼斯商人》里感慨皆大欢喜的人生……

读完再回味，不由得会生出无限钦佩。名家作品绝不会令人感到轻浮，一章章读毕，仿佛每句话每个字都有其分量。同时，还能从莎翁身上学会，宽容是一种品质，爱要豁达，以德报怨更是一种美德。

不会有出路的"祥子"

　　《骆驼祥子》是老舍的名篇,在课本里便读过其中一点儿片段,当然并没觉出什么滋味来,要说记得,就是主人公是个极苦难的人。往后很多年,偶尔有文章提及,慢慢地积累了些情绪,或者还是催生了对名篇的好奇度,于是又眼巴巴地盼望着一读。

　　可今天真把它看了一遍,却又读得那么惊恐。即使百年过去,如今的我们绝不可能再遇见那样逼仄的环境,但我依然生出了无数随着故事情节而聚压在感受里的害怕和伤感。祥子背负的算是时代的悲剧,也可以算是制度的悲剧。在那样的社会环境中,一切结局都早已注定——注定了无论祥子如何努力地生活和工作,他始终都只能是被压榨的对象。

——题记

初入北平时候，祥子也和如今许多"北漂"一样，是一个有理想、肯吃苦的青年，他可以像驴、像骆驼一样的生活，肩上的压力只往他的肉里抠，但他并不奢望能得到任何人的同情，也不需要任何人的同情。他终于赚足了钱，拥有了自己的黄包车，却遇上了战事，黄包车也随之没了——祥子奋斗多年的成果与希望就这样没了。不过不要紧，祥子是不会被轻易打倒的，他还有理想，心中还有信念，他便继续像骆驼一样生活，早出晚归，珍惜每一个铜板。

祥子遇上了虎妞，一个爱上了祥子的勤劳、朴实、憨厚的，却拥有两颗虎牙和男人性格的肥胖女子。祥子从来没有爱过她，因为他心中有理想，而虎妞不在他的理想之内。虽然说他也想要拥有心爱的女人，但祥子认为他梦想的女人绝不会是虎妞这样的。

一个乡下来的穷困青年，怎么也斗不过在男人群中来去自如的老女人吧。祥子终于认命了，虽说虎妞是丑了点儿，但自己却又有了一辆黄包车，可以不看别人的眼色，而是靠自己宽广的肩膀和勤快的双腿，靠自己的双手养活家庭，他依旧可以憧憬未来吧。

可是，虎妞却因难产死去。祥子喜欢小福子，可他又不敢去爱。因为祥子知道，自己没有能力承担得起那份爱与生活的责任。

祥子离开之后，小福子依然还是继续当娼妓。当祥子终于找到了一条能让自己与小福子安稳生活的好路子，赶紧跑回去找小福子时，却发现小福子已经不在了。小福子已经吊死了，就在那片树林子里。

死，或许是最轻松、最不需要勇气的一件事了，所以对人生绝望了的小福子选择了死。

祥子渐渐地看清了这世道，干嘛要有理想、要买车、要攒钱？今朝有酒今朝醉岂不是更好？只要我还活着，骗钱永远要比挣钱来得容易，为何要去做辛苦的事呢？

祥子便开始他另一种生活。只不过他丢失了自己善良的本性，成为社会的垃圾，行尸走肉，虽然祥子还没有死，但这时的他已经跟死了没什么差别吧。坏的社会，让好人和坏人都没了活路，他的选择只能算是一种自弃吧。

还好，我们是生在当今这样的时代，不管在哪里出生，都能得到公平公正的待遇，能努力读书和工作，便可以赢得诗意的生活，不必再重复上演祥子式的悲剧。因此，我感恩，感恩给了我们当下盛世繁华的那些人。

《金瓶梅》里的悲凉

> 有人说读《金瓶梅》而能生怜悯心者，菩萨也；生畏惧心者，君子也；生欢喜心者，小人也；生效法心者，乃禽兽耳。然而我读后却觉得自己既非菩萨、君子，也非小人、禽兽，仍还是一名普普通通的淡定读者，看完此书仅觉故事格外凄苦！
>
> ——题记

传说《金瓶梅》乃是一本"淫书"，我看的版本却还算"干净"，香艳情节略也有些，能正式出版，便也不会过线。一气看完了，心中郁结，深觉其结局的悲凉。古代的皇权世道，没有多少人的命运能是自己左右的，特权的阶层的恣意妄为，封建制度束缚着人性，就是真有现代人穿越而去，置身其中也只是无可奈何了。

潘氏何其可怜，身世悲惨，即使拥有千娇百媚的美，却只能嫁给武大。武大是善良的，可是人生一世，哪里只有善良就足够；也叹惜瓶儿，易夫生子后也将命丧黄泉；悲情的春梅最终惨死淫欲中。这些娇美可爱的女子，何尝不是父母心尖上的孩子，何尝不想要能左右自己命运的时代。于是我设想自己，若我为当时的女子，我能如何生存生活呢，我又如何才觅得我那可贵的爱情，或者古代女子根本就不会有爱情这概念。只是从小待字闺中做些不要脑子的女红，识不得几个字，也认不得几个外人，光等待着父母相看人家，许配他人生娃侍长，浆衣做饭，一辈子也不会有多少出门机会，最大的职责就是——相夫教子。

张扬个性？获得知识？那都不可能了，因为女子无才便是德。

我恐怕也会拥有固化的思维，相信这一切都是宿命。若夫君是我不中意的人，我也得顺从，没有途径抗议，更不可能做任何"伤风败俗"之事。人生可以有悲哀，却不会有机会愤怒；也许会绝望，也没有人能够了解我心中的苦楚。

有的人家是衣食无忧，有的人家或许贫病交缠，不知道我会是哪种。精神它也会饥渴吧，也许我也会"红杏出墙"，成了众矢之的，成为遭人唾弃的对象。

哦，这便正是潘金莲的生平。悲剧性的命运，它会自动给绕回来啊！

金庸逝后忆"神雕"

> 侠肝义胆、爱恨情仇，让人爱不释手。
>
> 金庸先生不久前驾鹤仙去，看到了许多怀念前辈的文字。与许多人一样，我对金庸的书也特别喜欢，于是将以前读金庸小说时的读后感及笔记整理了一下，以怀念仙逝的"金大侠"。
>
> ——题记

多情自古伤离别。

放假一周多了，望着熟悉的背影一个个离别而去——虽然只是短暂地告别，我却也生了一种"离别苦"的感觉。

这一周的时间，我在检察院实习，做了一些比较滑稽的事，也得到了一些只可意会、不可言传的体会。这些都在提醒我，我又成长了，无论是生理还是心理上。在陌生的环境里，人们总是会不自觉地被人或事催化，让人突然变得成熟、稳重，当然也可能还有其他的。

今天我终于看完了《神雕侠侣》。只是突然发觉以前对小说中的人物存在许多误解：原以为李莫愁就是一个十恶不赦的老妖婆，没想到她也曾是一个纯情美丽的少女，只是在感情上系了死结，最终只能苦吟着"问世间情为何物，直叫人生死相许"而葬身火海。瑛姑、老顽童和南帝最后能在耄耋之年变成邻居，多年爱恨情仇便随着皎洁的月光一同飘逝，只留下如银一般雪白的发丝与宁静；杨过和小龙女的离别与重逢也不是当初所想的缠绵悱恻，一个冰清玉洁，未受尘世玷污的少女；另一个是多苦多难，却又心高气傲的英俊美男。

情由心动，爱由心生，作为一个人岂能无情无爱，即使一个已经大彻大悟的高人，也是经过了一番情爱过后，方感悟原来一切都是过眼云烟，短短数十载过后，无论你是才子佳人，还是市井流氓，都将化作尘土。

如今存活于世，只求无愧于天地良心。年少的轻狂，或许得罪许多人；对感情的执着，也许会伤了一些少女的心；坚守公平与正义，大概会遭到小人的明枪暗箭；与亲人的生离死别，只是千里孤魂，无处话凄凉。

无缘系"果"而非"因"。

问世间，情为何物，直教生死相许？天南地北双飞客，老翅几回寒暑？欢乐趣，离别苦，就中更有痴儿女。君应有语，渺万里层云，千山暮雪，只影向谁去？

我们的腾飞之路

> 《战狼2》确实很能激发民族自豪感，令观影者热血沸腾。因而我在血脉偾张之后，骨头里有许多力量在涌动，让我总想要写下点儿什么。
>
> ——题记

青灯黄卷，历史的车轮总是在不停地转动。上下五千年，有辉煌、有辛酸、也有耻辱。

沉睡的雄狮在前人的呐喊下已然苏醒，即使最屈辱的岁月之中，也不缺乏屹立的民族脊梁。"要为中华之崛起而读书"道出了大国弱民备受欺凌的呼声，无数热血志士为中华而奔波、战斗，辗转于世界各国寻求救亡图存之道。"为有牺牲多壮志，敢教日月换新天"，经过了无数革命者的牺牲之后，经过一代又一代人的战斗与努力之后，中华民族终于站起来了。

只有强国才能保障自身和人民的权益，中国站起来了，从此，中国人开始体会到了团结一心建设国家的快乐，开始有了一个中国国民的尊严和幸福生活。

建国之初的中国是一无所有，但中国共产党带领全国人民上下一心齐努力建设新中国，在几代人的努力下，我们的中国缔造了年国民生产总值增长率超过百分之八的神话。

一个民族要想拥有未来，必须有一群知道仰望天空的人。现在，历史的车轮已转到了我们80后这一代人的面前。我们要做的便是寻求腾飞之路。中国从站起来到富起来花了近两个世纪的时间，悲壮而又无比雄浑。虽说我们80后没有经历过多少大风大浪，但我们的身上流淌着中华民族的血脉，我们的民族精神丝毫不逊色，我们站在父辈们的肩上开始发力，拥有获得更好的机会更多的智慧，我们将脚踏实地去拼搏，为中华民族之崛起和长盛而拼搏。

此刻，坐在书桌前我还能仰望到窗外的天空。低下头想想自己为这个国家的发展又贡献过什么力量呢？读研时选择宪法学与行政法学专业，不就是想做一名国家公务员，希望能为国家的政治文明及制度文明添砖加瓦吗？即使后来，在法院、检察院、律所各待过一段时间之后，我结合大环境，以及个人喜好等多种情况，最终选择了做一名律师，但我在法律制度范围内维护当事人的权利，能合法有效地实现我的财富自由。

我可不愿意做那种"心比天高、命比纸薄"的酸秀才。一个人的贡献，首先还是要立足自身，不拖社会的后腿，解决自身的生存问题，然后同时谋求更多地为社会做贡献，为人民谋福利。

观影《战狼 2》之后，我真是思绪万千，但最主要的还是在为我们的国骄傲，为我们这个时代骄傲，且开始慢慢思考，我又能为我们的国多做些什么呢？

欲使中华民族屹立于世界之林的顶峰，我们任重道远，我们风雨兼程！

第二辑 信来信往

DIERJI XINLAI XINWANG

做最好的自己 02

◎ 2022 年夫妻照

与父亲聊聊天吧

父亲：

您好！

关于你与德江县人民医院的医疗纠纷案件，已经在贵州省铜仁市德江县人民法院开庭审理并庭审结束了。这也是我第三次来到德江县。

以前对于德江的印象，只是听说过这个名字，只记得还是在2004年的秋天，当时我正在湖南永顺县读高一，姑姑突然跑到学校来哭着叮嘱我，今后花钱再也不能大手大脚，得好好读书了。

我惊恐地直觉，这肯定是家里又出了什么变故，因为这种感觉和我在2002年时一样——那年，我还在学校读初二，正在读小学的妹妹跑过来哭着对我说："哥哥，妈死了，出车祸了……"

妹妹没有说"妈妈没了""妈妈走了""妈妈离开我们了"，或者其他的什么比较隐晦的字眼儿，她说的就是"死了"。妹妹当时年幼，还不

◎ 父亲在改革开放初期的深圳

懂得那些社会性的委婉表达方式，这也是一个小孩子"直抒胸臆"的痛。我很清楚地记得这几个字眼儿，听完就觉得全身发冷，头皮发麻。

这是我第一次失去至亲，原来是这种感觉。

后来，失去了母亲的我开始努力读书了，也进入了年级里的"尖子班"。

只是，不过两年，父亲啊，离母亲去世还不过两年，你在贵州省德江县去世的消息又传到了少年的我面前，我又再一次三天三夜的未眠。

张艺谋导演的电影《活着》中有一句台词，"没了，才知道什么是真的没了"。

以前，你在外面做生意开厂子，我们兄妹从不至于要为生活而忧愁，现在你抛下我们走了，接下来的日子我们还是一天一天过，可是失去了父母，我们该怎么过呢？

于是，我们这些少年丧母又丧父的孩子，开始懂得了人间冷暖，世态炎凉，只能继续不卑不亢地顽强生长。

父亲，在你去世后几个月，你与严阿姨的女儿——小妹妹就出生了；再后来，严阿姨带着你最小的女儿改嫁，家里就剩下我们仨"飘飘乎如遗世独立"。

我记得高中语文课本里面有孟子的文章，说"天将降大任于斯人也，必先苦其心志，劳其筋骨，饿其体肤，空乏其身，行拂乱其所为也，所以动心忍性，增益其所不能"。我那时尚天真，面对悲剧性的命运，便自我安慰，这是上天要委以"重任"给我，所以让我经受如此苦难之磨炼呢。

但我们仍是幸运的，因为有善良亲友们的扶助而幸运，更因为生在这个好时代而幸运。

在亲朋好友的帮助下，我努力学习，顺利考入北方民族大学法学院，并在本科时期加入了中国共产党，硕士研究生考取了南京大学法学院，还因为"民族骨干生"的原因，在北京邮电大学及南京大学读研期间的学费全免，同时享受一定的国家补助。一程风雨，到底还是迎来了艳阳。

2009年本科毕业之后，我开始在律所实习，终于开启了新的生活。

之后这一路走来，我开阔了视野，结识了很多有识之士，让我能够在更高的平台上展示自我、成就他人、筹划人生。2015年硕士毕业后，我又回到了长沙，在湖南金州律师事务所从事律师工作，至今。

父亲，是家乡这片土地养育了你，是你在这块土地上养育了我，然后又是我将"叶落归根"的你埋葬在这土地上。上次回到永顺老家祭祖，望着你与母亲的坟，从2004年至此，已然有10多年了，真应了苏轼那种"十年生死两茫茫，不思量，自难忘，千里孤坟，无处话凄凉"的忧伤。13年啊、4000多个日日夜夜、10万个小时、600多万分钟……我们一点一滴将它走过。

父亲，你去世时，我们尚且年幼，只知道事情结果，不知具体缘由。

2017年末，我与付永发交谈获得了一些讯息。付永发当时与你一起在德江县开厂，他说你可能是因医疗事故去世的，据说同一病房的病人也于当日去世了，永发哥去医院帮你处理过后事，他愿意出庭作证。

在得知此消息后，我内心悲伤、愤恨、五味杂陈，便开始联系当时在场的人员，通过多方了解，确定你极可能是由于医院医务人员的疏忽大意，被打错药而造成死亡。于是，我决定要将整个事情的来龙去脉弄个清楚，如"秋菊打官司"一样为你讨个"说法"，也给我们整个家庭一个交代。

你作为受害人已经去世多年，我只能以继承人名义来进行起诉，我作为当事人不能缺席，又是一名律师想亲自上阵，为防止办理案件过程中出现一些过激及不理性行为，于是我邀请好友陈剑律师与我一起处理该案。同时，为避免打赢官司之后，继承人之间可能会因为利益分配问题而产生矛盾，便就案件可能出现的情形制作了一份内部继承协议，所有继承人及法定监护人签字通过，同时签订的还有所有继承人均授权我与陈律师来全权处理该案件。

就这样，农历2017年年底，我们做好了力所能及的案件准备工作，并到老家村委会、派出所、镇政府开具了相关证明。

春节过后，我开车带着陈律师就从凯里直接去了德江。

那是我们第一次到德江县，这里的一切对我来说都是新的。我们先到德江县人民医院调取你的相关病历资料，但是没有找到，我们联系的一些还在德江做生意的湖南老乡，他们又尚在老家，我们便拿着有限的资料到法院申请立案。

现在，庭审已经结束，我们当天也就提交了代理词，并且也在当日离开了德江。从立案到开庭结束，很多人都给予了帮助，有亲人、有同学、有老乡、有你以前的朋友等。我发现，只要一个人很用心、很真诚地做一件事情时，就会得到很多人的帮助。不管最终结局如何，至少我现在知道了你去世的社会事实了，法律事实及法律公平我也将为你去争取，就当儿子给你尽孝吧！

愿您在天堂得以安息！

子：付永庆
2018年4月21日

一封寄往天堂的信
——致母亲

> 在深圳之夜，望着窗外车水马龙，不自觉地又开始看以前写下的文字。我知道，我又开始想念母亲了。
>
> 记得我曾在初二写了《一封永远寄不出去的信》给母亲，那封信后来遗失了，这是我在大二那年写给母亲的信，是第二封，却是能找到得的最早一封信。重新再读到它，我虽仍旧深陷其中，却仿佛还能跳出身来，从旁看着——眼帘里映入了一个在灯光下的孤儿，正提笔向母亲诉说酸甜苦辣的遭遇与委屈。
>
> 今日，我且将它分享出来，用以怀念我平凡而伟大的母亲。
>
> ——题记

母亲：

这是给你写的第二封信，记得写第一封信那年还是在初二，当时我沉浸于悲痛之中，更多的是不愿相信那些事情是真的，不相信我已经真的失去了你。

母亲，你一直教导我们要坚强、要有毅力与骨气，幼小时我真不太清楚什么叫毅力与骨气，可我现在回想，你在生前为家庭所做的一切，便明白了。我已经明白了你为什么总是要求我们要学会独立，因为你用行动告诉了我，困难与贫穷并不可畏，拼搏与坚持才是最重要的。

我知道，你嫁到父亲家，姥姥那边是比较反对的，说你不应该去那么远，并且条件又不是太好，但你还是来了。这时，你与父亲订婚已经满了三年，你义无反顾地来到了父亲身边，你们组成家庭，生下了我和妹妹弟弟三个孩子。同时，你与父亲用勤劳智慧的双手改变了家徒四壁的模样，姥姥见你把日子过得像模像样，也就不再说什么了。这其中的辛酸只有我感触最深，因为只有我会半夜醒来，突然发现原来睡在身边的母亲不见了，吓得我哭到天亮。而你呢，天还没亮呢，你已经去田里耕作。后来，我慢慢地习惯半夜醒来发现你不在，我也渐渐变得乖巧，至少不给你添更多的麻烦了。

再后来，你与父亲逐渐由务农转变成经商，便经常不能待在家里了，但每次在家的时候，你都会亲自把我们送到学校门口，嘱咐我们要努力读书，不要让你们失望，说你们在外面漂泊都是为了我们，为了这个家。

母亲，你知道吗？那时候，最快乐的日子就是在腊月。这时候我们知道父母快要回来了，确切的日期和时间却不知道，于是在你们要回来的那几天，我们兄妹三人总是会无所畏惧地跑到塔卧小镇上去接，那一路的盼

◎ 母亲墓

望和欢乐啊。几双眼睛盯着一台又一台的长途车，盼望每一个下车的身影是你。

最后一次送我上学的情景，我至今还记得清清楚楚。真的，这么多年了，可我一点儿都没有忘记。

——那天太阳很大，天气很热，你把弟弟妹妹都安顿好后，便与我去初中学校报名。

我清楚记得，那次我们班主任当着你的面表扬了我，说我进步非常大，上次期末考试都及格了。当时你的脸上却没有自豪的表情，只是告诉老师说我怎么不听话，用钱太多，希望他能严加管教。我听了那些话心里有些不好受，想一定要考个高分给你看看。

报名之后，你说你就不回家了，要直接去张家界，父亲在那边一个人忙不过来，我也没有多说什么，因为我已经习惯了离别。于是我把你送上了车，你还多给了我5元生活费，然后语重心长地说："其实我只希望你们都好好读书就行了。"

我听了这话之后心里就很酸，你每次有心事都会跟我说，说你是看上了父亲的哪一点，又是怎样来面对，是如何克服流言蜚语的。但对儿子，你就没招了，只能用心用爱来让我感悟。我站在车下，看着你离去，我就对自己说——等你下次再送我上学的时候，我一定让你骄傲一次。

可是，永远都没有下一次了。

之后，无论我在学习上取得多大的成就都没人可以炫耀了。

你离家几天后，我正在上学呢，妹妹哭着跑到我的教室里来，她说："哥，妈死了。"我觉得头皮一阵发凉，直勾勾地盯着妹妹的脸看，希望一切都不是真的。

这怎么可能是真的呢，前几天不是还好好的吗？怎么会这样？

我和妹妹、弟弟回到家里，傻傻地等待着你的遗体被送回家。

我记得，那天你到家的时间是晚上十二点多，父亲、舅舅他们都跟着回来了。我见到父亲也没有说一句话，只是两眼死盯着你的棺木。父亲悲伤地走过来，把我搂在怀里，说："孩子呀，我也没有办法呀！"

对，就是这么简单而无力的一句。但我能感受到父亲的悲恸。母亲，父亲很爱你，他也爱我们，抬棺木的时候我看见他是多么用力，来送你走完这世界上的最后一程。从那以后，我们就没有你了。从那以后，原本很

◎ 携妻女看望姥姥，姥姥就会经常说起妈妈的种种，弥补我关于妈妈的记忆

害怕鬼神的我也不再害怕，我看见过你躺在棺木里面安然的面孔，我真的不能相信，我们将要生活在两个不同的世界里了。

你走了，就像是你出了一趟远门总是没有回家，可你并没有离开我们。

父亲经常思念你，他盯着你们俩合影的照片，愣愣地说："我感觉你妈就像没有离开我们，只是去外地跑业务去了。"我只能无语，我知道父亲是深爱着你的，但我当时却认为他并没有尽到一个男人的责任——他怎么会让自己心爱的女人因车祸离去呢？

后来我才知道，这事不能怨父亲，车祸的发生是不可控的，而且父亲也差点对那个肇事司机动手。走的人走了，留下的人还要继续生活，并且还不能让那些关心他的人感到失望与伤痛。

母亲，你知道吗，父亲在你离开的第二年就续娶了一个。当时我什么都没说，什么都没做。我知道，你一定会赞成他这么做的，因为你爱他。

大概是因为父亲太爱你太想你的缘故吧，你去世后的第二年，父亲也跟着你走了。父亲去世的那一回，我哭干了这辈子所有的泪水。我才高一啊，可我知道，今后的路得靠自己走了，这个家只能靠我撑起来，带着弟弟妹妹生活下去。

从今后，我们兄弟就算是无依无靠了。

父亲走了，他的遗容比你还要安详，而且他走的时候脸上还有笑容，村里人说他就像以前地主那样富态。我则认为，也许是人生最后的一瞬，你来接他了对吗？因为两个相爱的人又能够重逢了，所以他才有了这点儿笑容。

而我，我早已泣不成声。后来发生的事情就和电视剧一样的，村里人说："你父母打下来的江山被那女人卷走了，也不给你们留一点儿，你们也不要。"是的，母亲，我们没有争取，也没有能力争取，你不是一直告诉我们要有毅力与骨气吗？何况在我们眼里，她刚结婚没多久就丧夫，也是一个苦命的女人。

母亲，我现在在念大学呢，你知道父亲最大的心愿就是我能念大学，完成他年少时的心愿。那你现在可以告诉他了，儿子我已经考上了，没有让他丢脸。

而母亲，你会为此高兴吗，会为我而骄傲吗？

母亲，在失去了你又失去了父亲之后，我也学到了一些新的东西。

我发现，这世界虽然有丑陋的一面，但也有善良的一面。周围的人给予了我们很大帮助。叔叔和舅舅也在照管我们，为我们而拼搏；同学和老师们也很善良友好，甚至连不认识的陌生人都给予了我们很大的关怀。母亲，我得到了成长，并且也长大了；往后余生，我会用行动去报答每一位关心过我的人，让所有善良的人都得到善良的回报；即使是那些曾经伤害过我们或落井下石的人，我也会以德报怨，因为，他们也不容易。

母亲，请你不要再为我担心了，我知道你在不在世都是在为我们担心的，然而你现在真的可以放心了。现在的我已经明白什么叫毅力与骨气，也会对自己的人生负责，你更不必为我的个人问题而担忧。记得我小时候曾告诉过你，我喜欢一个小学的同班女生。你问我喜欢她什么，我说："她长得漂亮、学习成绩好，并且经常帮助我，对我很好。"你很认真地同我讲："既然别人长得漂亮，学习又好，还经常帮助你，那么，你就要好好学习，不要让她失望，这样也才有资格去追求她。"

当时我并没能理解你的良苦用心，但我至今仍很感谢你的开明，没有羞辱我，而是让我保持了美好童真的向往。也就是在那次，我对你承诺过，说我将来要戴上博士帽。母亲，我许下的承诺就是欠下的债，我会还的，请你放心。

深秋，天转凉了，仍请你记得早晚要多穿一点儿衣服，别感冒！

愿你和父亲在那边过得快乐，夫妻恩爱，和睦相处。

祝：身体健康，万事如意！

儿子：付永庆

2008 年 10 月 13 日

愿与你，结百年之缘

> 这是在2009年本科在读时写下的文字，那时尚不知妻在何方，却对爱情充满憧憬。现已成家，看着以前的文字，如见当初，稚嫩少年于灯光下记载内心深处的感触。
>
> ——题记

亲爱的妻子：

你好，虽然不知道你现在何处，何等容颜，但我相信我们两个能一起走进教堂，许下一生的承诺，这便是我们的百年之缘，有待于你我共同珍惜。

首先，我很幸运能够遇见你，并且庆幸你在众多追求者中选择了我。我会努力地生活，让我们的家庭过得幸福，然后去帮助更多的家庭过得幸福。

命途多舛，13岁那年我母亲去世了，15岁那年父亲也跟着走了，所以我更能懂得亲情的可贵。我爱你，也爱我的家人；我喜欢《陈情表》，也爱读《与妻书》。每次读到，我都感觉到自己的灵魂在接受一次新的洗礼。我也清楚，你嫁到我家里来，生活之中肯定也会有一些小矛盾发生。但你我之间，你与我的家人之间，但请你要坚信——无论有什么矛盾，我都会努力去化解，因为我们之间有爱。当然，我的家人可能不会像我这样深爱你，或者说他们对我爱与关心的程度会超过对你，超过很多，但我请你谅解他们。毕竟，除了亲情，我和他们还有相依为命的情感牵系，而他们对你却只能是"爱屋及乌"。就像你的家人对我，想必也是如此，那才正常。但我相信，通过长时间的相处之后，在你人格魅力的吸引之下，他们会非常喜欢你的。

还有，无论在什么时候，请不要逼我做那种二选一的题目，开玩笑也不要有。在你们之间做二选一的抉择，那是心头切肉的感觉，你们都是我的至亲与挚爱，我舍不得任何一方。

父母去世后，家人对我的照顾我铭记于心，并且是他们的付出让我接受了高等教育，以至于后来能遇见优秀的你。没有他们，我可能会沦落街头成为一个流浪的孤儿。我不是一个忘恩负义之人，我相信你也不会喜欢一个忘本的人。亲情与爱情从来都不是矛盾体，只要我们能用爱去宽容生活里那些无意的错误，我们都会很幸福的。

你看，我在少年时候就失去了父母，没有机会再向他们尽一份做儿子的孝道，但若你的父母依然健在，我也会和你一起多关心和照顾他们。父母对自己孩子的爱永远是那么的无私与伟大，他们养育了你，我也为此感恩，愿待你的父母如我的亲生父母。

◎ 2015年婚纱照

在我的成长过程中。走过风，走过雨，有过风雨交加；走过悲，走过喜，有过悲欢离合。我所经历的困难及遇上的真情，我将它总结为：人的一生需要面对很多，困难值得咀嚼，真情让人留恋，有情的人叫我们懂得了珍惜。

我所珍惜的人当中有男性也有女性，有些甚至是我曾经追求过的女生，我珍惜他们，是因为人和人之间除了爱情之外还有很多可以触动心灵情感和善意。同时，也请相信我对你的忠贞，我会做到"弱水三千，吾只取一瓢饮"。对于曾经追求过的女孩，我会对她唱《同桌的你》；而你则是我的《知心爱人》。也许，有时候我们也会回味某一段岁月吧，但那并非是要去刻意地想念某一人，而只是想念曾经，那些年轻的、懵懂的、痴情的却又纯真的时光。我相信，你我会拥有一段刻骨铭心的爱恋，成为照耀我们一辈子婚姻的光芒。

我是一个男人，一个有理想的男人。人们常说，每个成功男人背后总有一个默默支持他的女人。我就很相信这句话，所以我希望在自己努力为理想奋斗、拼搏的时候，能得到你的支持。我不需要你承受多大的苦楚和压力，你嫁给我也并不需要你成为我走向成功的工具或基石，我会保护你爱惜你，但我们需要互相支撑，支撑起情感与家庭的天地。当然，我只是个普通人，不可能面面俱到，这也就需要你给我们的爱情以更多的智慧与包容。

我喜欢舒婷的《致橡树》，"爱不仅爱你伟岸的身躯，也爱你脚下的土地"，也喜欢邓颖超"两性的恋爱，本来是正大光明的事，美的感情渐馥渐浓，个性的接近，相互的了解，思想的融合，人生观的一致。此外，还需要两性间寻得共同的'学'与'业'来维系由移动性的爱情，以期永久。这种真纯善美的恋爱。是人生之花，是精神的高尚产品，对于社会，对于人类的将来，是有良好影响的。"

未来，希望你能够支撑我、鼓励我，在我口渴时送来一杯温水，饿时盛上一碗饭菜，累了时能给我揉揉肩。当然，我期望你能为我做的，我也必然能为你做。我还希望你是一个有理想的人，不会把我当成你精神世界的唯一存在，因为有人说——好的爱情是通过对方发现了整个世界，坏的爱情则是看见对方却抛弃了整个世界。

对于生命，我不是那种有安全感的人——这辈子已经不可能改变了。所以，假如"天有不测风云"了，如果有那一天，我不幸离开了你们，请你照顾好我们的孩子，要让他成人、成才，懂得作为"人"应该懂得的东西。我也请你不要长时间陷于悲痛当中，而是在今后的日子里努力生活，找一个比我更优秀、更爱你的男人陪你走完人生路。

假如哪一天，你觉得不再爱我，想要弃我而去时，也请你直接告诉我。我当然会全力挽回，但也会尊重你的最后选择。相信我会望着你的背影流下爱你的泪水，然后在你我之间画上一个句号，继续我的人生。

亲爱的，你会是我的珍珠，虽然我不敢把你捧在手里，怕一不小心弄碎；也不忍心戴在脖子上，生怕别人抢走；但我可以将你放在我的眼睛里，时时刻刻都注视着你。

今后的路，依然很漫长，愿你我同行至海角天涯，地老天荒。

付永庆

2009 年 8 月 11 日

写给即将到来的宝贝

宝贝：

　　下周，你就将来到这个世界，我是你的爸爸，先代表我们一家人欢迎你的来临与加入。

　　为了欢迎你的到来，我们已经做好了充分准备。外婆也来到了长沙，准备照顾你和你的母亲。一家人正期盼着你平平安安、健健康康地来到我们身旁呢。

　　作为父母，我和妈妈会用心地爱你，让你拥有一个快乐的童年。我们也希望你能平平安安成长，但又不能将你养在温室里保护。要知道成长难免会遇到点儿小创伤，所以希望你从小就能学会勇敢和坚强。毕竟，父母也不可能陪你每一天，陪你走每一条路，生活首先是属于自己的，一个人的。

　　等你稍微懂事点儿，可能你会发现，你没有爷爷奶奶——是的，爸爸没有爸爸妈妈了。你可能会问，于是我会坦白地告诉你，说他们只陪我走到了中学。但是宝贝，你也别担心，爸爸会一直陪你走下去的，总在你一个电话、一张车票能够抵达的地方守候你。我只是想跟你聊一聊，未来，我只能对你进行教育，给你关怀和指导，也许到了你少年时候，我就会对你的某些小任性不知所措，不知道该以何种方式走进你的心灵，让你对我不再叛逆。因为，我自己也不曾经历过父母的青春期陪伴。当然，你也不用担心了，毕竟你还有从小幸福平安成长的妈妈呢，我们都听她的总没错。

宝贝，由于现在还不知道你是男生还是女生呢，所以只能给你取了两个性别的名字，男生是付凌绝，女生是付洁茹。所以，无论你以怎样的性别出现在爸妈面前，都是大受欢迎的。

如你是男孩呢，你就是"付凌绝"了，爸妈希望你今后遇到任何事情，都有"会当凌绝顶"的意气与豪情；如你是女孩呢，你就是"付洁茹"了，爸妈希望你一生都干净、整洁、冰清玉洁、涵今茹古。所以宝贝，不管你是男是女，都是爸妈的亲骨肉，我们都将视你为上天给我们爱情的最好恩赐。你就是爸妈爱的结晶、生命的延续。

我知道，小朋友们最爱追问爸妈和自己的故事了，那我先简单给你说点儿吧。我是爸爸，叫付永庆，湖南人；妈妈叫杨倩倩，她是贵州人。爸爸妈妈相识于北京，是同一所大学法学专业的同班同学，后来爸爸在南京大学读宪法学与行政法学硕士，妈妈则在中国政法大学读诉讼法学硕士。爸妈很恩爱，曾一起到过北京、南京，也一起在贵阳做过一年多律师，是在硕士毕业那年才决定在长沙工作和安家的。

宝贝，爸爸告诉你这些，是让你知道自己出生在怎样的一个环境里。人的出生是不能选择的，无论贫穷或者富有、疾病还是健康，都希望你坦然接受，你将来也会学到、体会到"人生而平等，但无往不在枷锁之中"。

爸爸妈妈是大学同学，所以，爸爸是看着妈妈由美少女变成"妻子"，又变成你的"妈妈"，我会一直守着你和妈妈，给你们一个幸福的家。

宝贝，以后你会常常听到我们为你哼唱一首儿歌，叫《世上只有妈妈好》，你听得多了，将来肯定也会唱。要知道，女人为了一个新生命的付出是多于男人的，在过去的近十个月的时间里，妈妈常会在半夜起床，挺着个大肚子翻来覆去睡不着，也由于你住在妈妈的肚子里，给她的生活带来诸多不便，爸爸只能进行陪护及努力工作，但不能替代妈妈难受和孕育你。所以，对于你的出生，妈妈付出了很多辛苦和疼痛。当然，爸爸妈妈对于你住在妈妈肚皮里这件事，是非常开心的，我们总是会细心地听你的心跳，在肚皮上与你做游戏，让你体会一下爸爸的存在感。要知道，还是从第一次去医院开始，到最后一次检查，爸爸始终陪在妈妈身边，想必你早就熟悉了爸爸的声音，对吗？

孕育生命是一个过程，两个人共同参与，果实则更甜美，也会更珍惜。小宝贝，想着你再过几天就要出生，爸爸的内心真是非常复杂，有期待、有担心、有憧憬、有希望……这可能就是初为人父的心情吧。

有人说，孩子是父母的作品，我想也是这样的，从你还是一张白纸的时候就跟父母生活在一起，被父母的一言一行在长达几年甚至几十年的岁月里慢慢雕塑。所以，从你还未出生之时爸爸便开始思索了，思索要如何培养你。爸爸其实还挺担心，担心你的个性会不会叛逆呢，会不会像握在手中的沙子，抓得越紧就会掉得越多，离得越远。

宝贝，爸爸对你有寄托、有憧憬，但与之相伴的则是有标准、有要求。在成长的过程中，不知道你是否会对我产生逆反心理，我则一定时常保持与你互动、沟通，努力让你拥有愉快的童年，成为向上的少年，然后当然是拼搏奋斗的青年……

我想，我已经有些迫不及待了，我的孩子，爸爸还有许多话想对你说，等你来了，我们再慢慢说吧。

爸爸：付永庆

2017 年 4 月 30 日

我的宝贝叫"洁茹"

亲爱的小宝贝：

你已经一岁两个多月了，看着你一天天地长大，我们一家人都很高兴。听你开始叫妈妈、爸爸，我们内心是喜悦的。每次回家，你都会围着我叫"爸爸、爸爸"，我很是感动，有时都泪眼蒙眬。你是如此可爱、单纯，看到你，听到你的声音，我知道，这是我的女儿，是我在这个世界上最珍贵的"艺术品"。

宝贝，你于2017年5月8日出生，爸爸却是2017年初开始独立执业的。所以，2017年对于我们一家三口来说，都是新生。你是新生儿，妈妈是新妈妈，爸爸除了是新爸爸，还有了新的事业起点。也就是说，从独立执业那天起，已经没人给爸爸发工资了，一切的一切都需要爸爸自己扛。

当然，爸爸也很愿意为我们这个家撑起一片天，可是，太忙了，爸爸

◎ 小洁茹一百天

也没有太多的时间陪伴你。亲爱的宝贝，你能原谅和理解爸爸吗？

爸爸是律师，而且非常喜欢这个职业，很享受身为律师所拥有的快乐与收获，特别是在法律范围内实现了当事人利益最大化，成就感真是满满的。爸爸喜欢这种被他人尊重及重视的感觉，这也是爸爸对社会的贡献哦。

宝贝，爸爸讲这些，你现在肯定不懂，但是你将来一定会明白。

最近，你学会走路了，一步一步摇摇晃晃，但你却完全印证了"还不会走就想学着跑"，这使得你几乎时时面临跌倒，而我们只能从背后轻轻扶着你，或者站在你旁边，发现你即将摔倒时将你扶正。

教你走路、守着你奔跑，多么开心的时光啊。可是很遗憾，爸爸不能像妈妈和外婆一样天天陪着你。但爸爸会努力工作，尽量挤出时间来陪伴在你的身旁。而且，目前看来，在众多当了父亲的律师当中，爸爸还算做得很不错呢，我要继续努力。

爸爸工作，妈妈照顾你，这是咱们家暂时的分工情况，妈妈也是个工作能力很强的女性，她愿意留在家里照顾你，是母爱，也是对家庭和爱情的牺牲。

宝贝，爸爸和妈妈都多么爱你啊，但两个人表达爱意的方式却不一样。爸爸的爱没有那么细腻，也没有像妈妈那样无微不至，这可能有性别和视角不同的原因。爸爸的爱更多是引导你正确、勇敢地面对人生，让你拥有百折不挠的精神，让你拥有比大海更广阔的心胸。

现正在从乌鲁木齐飞往长沙的飞机上，爸爸在读梭罗的《瓦尔登湖》，但看着看着，不由自主地又想你了，宝贝。爸爸想陪你玩，看着心爱的小宝贝笑，还想将这一路的所见所闻都讲给你听，让你也对新疆烤肉和西域风光充满向往。等你长大一点儿，爸爸还能带着你出差，一起出去游览美丽的大自然呢。可是，爸爸好矛盾啊，既期盼着你快快成长，又不想你快快长大，因为你现在这样香甜软糯的样子，好让人喜爱啊。

宝贝，爸爸想你的时候，会有各种思绪涌上心头，爸爸便都以书信的形式记录下来，留给你。当你将来可以读书认字了，就可以读一读爸爸写给你的信，想想也是一件很美、很幸福的事情。

宝贝，现在的你就如一张白纸，就在我打开电脑，打算告诉你一些人生心得时，却又不知该从何说起。面对你的纯洁无瑕，爸爸生怕无论哪一个笔画下去都是个错误。何况，将来你自己也会在纸张上写写画画的。爸爸想想就开始害怕，害怕两个不同时代的人，中间是否能顺畅沟通，害怕

◎ 2022 年与洁茹

宝贝不能认可爸爸的观点。宝贝，你与妈妈都是我的挚爱至亲，可你妈妈就不怎么"信服"我，她常说我像个孩子。你将来是那种"我爸一切都对"的孩子呢，还是觉得"老爸落伍了"？其实啊，我现在也不怎么信服有些长辈，觉得他们所信奉的一些规则已经 out 了。爸爸是 80 后，现在斗志昂扬，觉得"江山代有才人出，各领风骚数百年""长江后浪推前浪"，但对于未来的你，爸爸也只能成为"前浪"了啊。

宝贝，爸爸还想告诉你一些"方法论"式的东西，然后你需要在成长的道路上慢慢去摸索实践。"成长难免有创伤"，我不可能将你人生中所有的障碍给予提醒或者清除，每个人都是平等的主体，从某种意义来说，我与你就是父女关系，属于亲属关系中的一种。

从出生那一刻起，你就是一个具有法律身份的人物，你的未来都是属于你自己。但法律、道德与爱，让爸爸妈妈陪伴和抚养、教育你，直到成年。慢慢地长大之后，你会发现，人世间的父母与子女关系并非都那么美好，兄弟之间也可能尔虞我诈，夫妻之间也有太多的同床异梦，甚至闺密和朋友也有些反目成了仇，职场就更不容易了，时常被形容为"战场"。世间有真善美，也有丑恶险，这是一个社会的常态，是人们生活中无法选择的一部分，爸爸很害怕你受伤和失望，所以好想早早地告诉你，多淡定，多宽容，多明智，多聪慧，多善良。要相信，这个世界，始终还是美好的存在会更多。

当然，爸爸妈妈还很早就聊过你未来的职业，我们甚至期望你将来能学法律，做律师。爸爸妈妈都是法学硕士研究生，如果你学法律当然可以得到更多专业指导，而且一家人也会有更多的共同语言啊。当然，我和你妈妈已经达成一致意见，将来肯定不会强迫你去做选择——但爸爸可能会用行为及教育去影响你。

太多的太多，都想给你说说，可爸爸的电脑快没电了，飞机也将要抵达长沙上空。回到长沙，我又可以见到我亲爱的宝贝了。你看，爸爸的脑海里已经出现了打开家门时，你朝我奔来，抱着我大叫"爸爸、爸爸"的画面。想到，爸爸的心就先醉了。

小洁茹，你可能成为除妈妈之外，接到我书信最多的女子，并且这可是爸爸第一次在万米高空中一气呵成的信件，你将来读的时候，会不会觉得有一丝丝幸福啊。

愿你健康快乐成长！

爱你的爸爸：付永庆

2018年7月20日

于乌鲁木齐飞长沙上空

宝贝，愿你平安喜乐

亲爱的小洁茹：

宝贝，爸爸现在广州南站。

刷微信看到了一篇报道，说上海一名17岁的少年在学校与同学发生矛盾，事后又遭到母亲批评，他便冲下了车，毫不犹豫地从芦浦大桥上跳了下去。

看到那一幕视频，我泪眼蒙眬了。少年的母亲在后面追得非常迅速，却还是没有挽回她儿子的生命，母亲瘫倒在地捶地号哭。

宝贝，我看着这一幕心都碎了。于是，我又想起了你，想到了我自己，想到了我的父母，还想到了你的妈妈，以及我们整个家庭。

爸爸今年30岁，而你在5月份满两岁。看到妈妈张罗着你的生日Party，虽然爸爸没办法有很多前期参与，但也一直默默关注着。我想，到时无论多忙，爸爸都会出现在你们母女面前的。

我就是觉得这个少年太不珍惜生命、太任性了些。有什么样的事过不去，竟然与父母以死抗争，而且当着母亲的面放弃了生命。

哪一家父母将孩子带到这个世界来，不是希望他们能健康快乐成长呢？为什么日子过着过着，就走上了"绝路"？我们需要思考，到底是什么导致了这样的结局，到底要如何才能避免这样的事件。

对于孩子，父母无论从个人属性、家庭属性还是社会属性，都需要承担起抚养、培育、教育孩子的责任，教育肯定包括了褒奖与批评，而对于批评，应该是有则改之无则加勉，而不是放弃自我。

再去指责这位可怜的母亲是不必要也没根据的，即使她可能有做得不够好的地方，可大家都是第一次为人父母，谁也没有经验，只是盲目地想做得更好罢了。谁家父母孩子一辈子没做错过什么？有的却学会了反思与坚强，走出了坦途。为什么要如此激烈地选择绝路？我一遍遍地回放，看到这位悲剧母亲的拼命追逐，想必她深知不妙，极力拽住孩子，却徒劳，母亲的内心该如何崩溃啊！

孩子犯了错，当家长的唠叨几句，孩子却跳桥自杀，母亲这颗心，这辈子再也补不好了。

不由自主地，我就想起了自己 17 岁的时候。

我 17 岁的时候正读高二，正处于人生的第一个奋斗期。——关于你爸爸我的故事，你将来肯定会有所了解，希望我可以作为你努力学习和生活的榜样。当然，我更希望你能因为有这样的父亲而感到自豪。

我掰着手指数一数，宝贝，你的 17 岁将在 15 年后到来，不知道那支叫《十七岁那年的雨季》的老歌，你会不会喜欢唱。

　　人生，苦难总是难免的，熬一熬，没什么过不去。过去了，都是朗朗艳阳天。爸爸希望你都能够看到、享受到很多美好的岁月，包括年少的天真、青春的懵懂、中年的拼搏。真的，宝贝，对于你的生活，我只能，也只敢有一种设想，那就是——满满的幸福。

◎ 2022 年与洁茹

　　关于你及家庭，你妈妈总说我关心得太少，而我则"不以为然"，社会及家庭分工不一样，每个家庭的实际情况也不一样。我觉得我们这个家庭，也还是不错的了。哎，妈妈要看到这儿，又要说我了吧。

　　为了使你养成读书的好习惯，妈妈给你买了好多书，还好你也非常喜欢看书，每次都拿着书来让我们给你读，我平时工作的时候就讲话太多，有时回到家只想做一个"安静的美男子"，你却拿本书过来，以至于《我爸爸》《大卫不可以》这些小故事我基本都会背诵了。

当然，爸爸非常享受着这份辛劳和这份快乐，包括现在写这信的过程。

想起将来，我的脑海里会出现一幕这样的场景：一名西装革履的中年男人，面对着电脑，远看以为在努力工作，其实是在给宝贝女儿写"情书"呢。这份美好，我要把它珍藏，等待你慢慢成长，如同珍藏的美酒女儿红，等待你像花儿一样娇艳。那时，爸爸可能多了几根白发，少了一份激情，但对你的爱却总是不会变的。

所以，宝贝，将来无论发生什么事情，无论你遇见了什么伤心绝望的事情，都不允许你放弃生命，抛弃爸爸和妈妈。当然我们也绝不会让这样的可能发生，爸爸妈妈有自信能将你培养成为一个对自己、对家庭、对社会都有用、有责任感的人。

小洁茹，我们希望将来把你培养成为社会精英，一个有社会责任感的人。一个有社会责任感的人，往往都是很坚定很努力的人。我希望你将来也可以形成自己的品格及独立人格。不仅是对自己、家庭有责任感，对自己的职业、对这个社会也需要有责任感。可能也有人会对你"流言蜚语"，但爸爸绝对会永远支持你的，因为你是我的女儿。若我将来老了，不如你了，我也会从精神上支持你。

前面一段时间我看了《无问西东》，天下兴亡匹夫有责，我就觉得很好。你将来也会了解我们中国的历史。清华校长将女儿送上了前线做护士，贵族家庭的少爷偷偷去当了空军，最后殉国，而其他尚在学校里的人，最终也前赴后继地走向前线。

宝贝，爸爸当然希望你一生平安，幸运的我们也是生活在一个如此和平的时代，但爸爸仍希望你身上会具有一种"舍我其谁"的精英意识。在朋友圈里，我看到过这么一段话，可以分享给你："现在社会上存在着两种精英意识的对立，一是因出生而产生的优越观念；一是因教育而产生的责任意识。"

——我希望你的骨子里流淌着的精英意识是后者；并且，我们都需要从内心谨防前者的滋生与蔓延。

小洁茹，前面都是对你的期望。最终人生如何抉择，都是你自己的事情。

当然，你也可以选择不做精英，因为精英累，累身，也累心。

将来的学习、工作，你只要一直在努力就行，爸爸也不要求你必须如何如何。我们都只是普通大众的其中一员，只求你能平安健康和幸福快乐。

要知道从前上学的时候，爸爸还想过要青史留美名呢，还奢望过能在中国法制史上留下"浓墨重彩"的一章。现在呢，爸爸想的就实际多了，全都是如何把工作做好、把团队建好、把当事人服务好，当然也要把家庭养得好好的，然后我们有时间有金钱有精力了，就去做慈善，帮助更多人。

而你，宝贝，你现在才两岁。对这个世界，连懵懂都还谈不上，我却在想着与你交流更多更广的内容。你这个有意思的爸爸是多盼着你快快长大啊。

但这就是你的父亲，一个努力工作、开心生活的律师。

愿你健康快乐成长每一天。

爱你的爸爸：付永庆

2019 年 4 月 19 日

于 G6026 广州南回长沙南高铁

你是我的"二宝"

孩子,下个月你就将来到这个世界,作为我与你母亲的第二个孩子。

今年是辛丑年、牛年,而你,属于一个牛宝宝,希望你将来可以牛气冲天,同时也期盼你,一生平安幸福。

我现在北京出差,住在国贸附近的酒店。今早五点多钟就醒来,想着这几天在北京的事情及以前在北京上学及恋爱时的光阴;想着你姐姐洁茹出生时我们的憧憬;想着我与你母亲毕业及结婚生子后的两千多个日日夜夜;想着为即将到来的你做点儿什么。

你妈妈曾问我要生老二了是什么感觉?我当时没怎么回答上来,后来想想,是幸福的感觉,是润物细无声的感觉,是平平淡淡才是真的感觉。

我与你妈妈都不是独生子女家庭出生,都觉得要生两个孩子,将来你们自己有个伴儿,有一份一起成长的陪伴;有一份血浓于水的信任与依靠;有一份可以多多走动的亲情。所以,你的诞生,在我们家庭没有太多

◎ 2021 年一家人于大理洱海

的考虑及争论，都是顺其自然。

在你上面有个姐姐，我们给她起名叫"付洁茹"，寓意其一生冰清玉洁、涵今茹古。对于你，我们现在还没有想好名字的，也不知道你是男孩还是女孩。但在你出生之前，肯定会准备好的。就如同迎接洁茹姐姐一样，并且，洁茹现在也很期待你的到来哦。

虽然以现在的科技手段及我们的能力，是可以提前知道你的性别的，但是我与你妈妈还是忍住了这份好奇心。

第一，目前的法律及政策禁止非医学需要的胎儿性别鉴定和选择性别，而你一直都比较健康，没这个医学需要；第二，虽然从内心来说，我与你妈妈已经有了一个女儿，都希望有个儿子，一儿一女，凑个"好"字，也如同吃了苹果，也想尝尝梨的味道，但我们也都不会因为想提前知道你的性别而做出选择，与你父母的三观及认知有关，我们愿意保留这份好奇，一直等你呱呱坠地时才来揭晓这份答案，并且无论你是男孩还是女孩，我与妈妈都会如同爱姐姐一样爱你，因为你们是我们爱的结晶及生命的延续；第三，人类文明发展到今天，已经可以上天入地，我们还应心存敬畏，敬畏生命，就从敬畏、关心自己的骨肉血脉自己的孩子开始，而你与洁茹，就是我们最直接关心的人。

我刚刚通过微信看到你妈妈已经在家包好了粽子，很好吃的样子，洁茹姐姐也已经吃上了。下午，我也是飞机回长沙，去与你妈妈、姐姐、外婆及肚子里的你一起过端午节。

小宝贝，我现在在北京，这次也就简单地和你聊聊北京吧。

北京是我们国家的首都，我与你妈妈也是在北京读书时候认识的，挂在家里的婚纱照还是在北京拍的。这次与不少客户、同学、朋友都见面了，也再次感受着北京。不同的年龄，不同的阶段，有不同的感觉，如同一千个读者就有一千个哈姆雷特。

北京的生存压力是大于长沙的，最近国家放开了三胎政策，关于三胎的调侃也有很多。在与北京朋友聊天时，他们绝大部分都只想生一个小孩，说北京的生育率不足 0.7；也接触了一些具有丁克思想的人，虽然我不会选择那种生活方式，但感觉他们也蛮好的；还有一些四十多岁才结婚生子甚至还没有结婚生子的，在这样的城市里也可以找到一份包容及理解。

对于北京，我主要还是喜欢它的人文环境及包罗万象，青灯黄卷、漫漫黄沙、故宫中轴、京城繁华等，可以让你去体会我们这个古老民族的历史厚重及现代都市的车水马龙。将来如果你们要在国内上大学，我还是会建议选择北京，国内最好的学校几乎都在这里。

一不小心，扯得又有些远了。我现在每去一个城市，其实主要还是工作，也简单地给你说说我工作方面的事情吧。

如这周西安、北京出差，主要就是处理 S 总及 H 总的事情。父亲我是做律师的，最大限度地实现当事人的合法利益最大化是职业要求，我自己从一个法科生慢慢成长为一名成熟律师，也是一直秉承不辜负每一份信任的理念做人做事。

这次在北京，见到了北京的 S 总。我们之前仅加有微信，未曾见面。

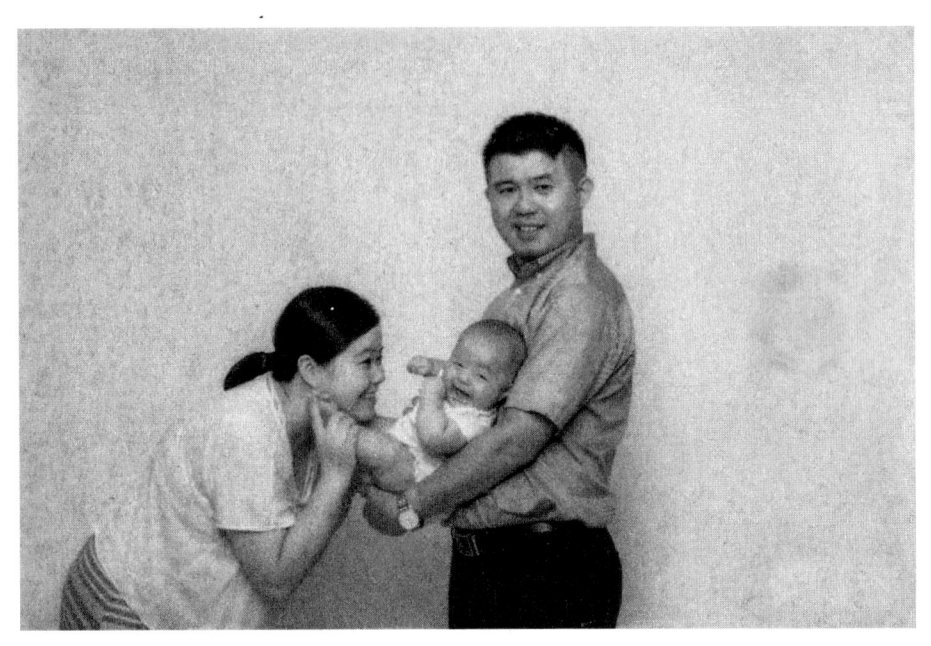

◎ 洁茹 100 天家庭照

"五一"期间，电话沟通案情后决定合作，其在未与我见面的情况下将上千万的案件委托给我，并支付了前期代理费共计 11 万元。作为律师的我是很开心的，它让我感受到这份职业的魅力及乐趣。虽然在我目前的职业生涯里，11 万元的代理费并不是最高的，但是，在还没有见面即付了 11 万元代理费的客户，这是第一个。这对我是很大的鼓舞，有一种古代"士为知己者死、女为悦己者容"的韵味，也让我更加认真地对待这个案件；更加珍惜这份职业；更加珍视这份信任。

通过这个事情及与 S 总见面交谈，让我再次体会到"机遇垂青于有准备的头脑""上天和上帝会默默奖励那些努力耕耘的人"这些名言的内涵。后来我们一起吃饭聊天，知道其原来就住在我在北邮读书时的宏福校区附近，开玩笑说可能之前也曾擦肩而过，也算是男人与男人之间的一种缘分。

有时候，在出差之余，也会见见朋友，旅游一番。前不久，我们一家人（包括肚子里的你）及外公外婆还一起去了趟大理，我也是处理完云南的事务后与你们会师昆明，然后一起出发大理的。

通过这几年的工作，我感慨祖国幅员辽阔、法治统一；依法治国、扫黑除恶、政法队伍整顿等一系列措施，让真正靠专业做事的律师们更加具有竞争力；也给我们及未来的你们提供了更好的发展环境，为我们整个国家繁荣发展及民族复兴提供了更加完善的制度保障。

小家伙，工作及更高层面的事情，在你出生后的很长一段时间内都不会懂，我们也聊点儿生活方面的吧。

7月份，你就要来到这个世界，我在你姐姐出生之前，写过一封信给她，这封信则是在你出生之前写给你的，以免你将来长大后觉得不公平，或者觉得没有将足够的爱倾斜在你的身上，跟我置气。

这让我想起我的一个本科同学，他有两个孩子，以前来我们家玩的时候，我们问他是否还生三胎的，他说不生了，因为他感觉自己的爱及时间有限，三个孩子将致使其不能将足够的爱分给每一个孩子，他会觉得有一种愧疚。我和你妈妈感觉这也适用于我们，我们会尽力照顾好你们两个，在物质及精神上都给予平等且充足的灌溉，也会为自己而活，争取以身作则为你们提供一个榜样。

我们也自信与你们两个孩子一起生活、成长，还是会其乐融融的。至于国家放开的三胎，就让有想法且有能力的人去实现吧。小宝贝，这封信，我早上就开始写了，吃早餐，中午收拾，去机场，零零碎碎，现在这万米高空，还在记录与你的千言万语。

　　但任何信件都有结束的时候，飞机快要落地长沙，信也接近尾声了。对你的期望与寄托、关怀与教育，其实在跟洁茹姐姐写过的信里，好多也适用于你，将来我们一家人可以回味当时的文字及情感，也包括我写给你的这封。我仿佛看到了，一个父亲给两个孩子述说以前的故事的情景，而情景里的画面则是我与你们。

　　你的到来，将让我们三口之家变成四口之家，我们的队伍又壮大了，也欢迎你的加入，我们一起开开心心、平平安安、共同成长。

爱你的爸爸：付永庆

2021 年 6 月 12 日　星期六

兄弟，你的未来不是梦

吾弟永祝（竹）：

你来长沙也快两年了，看到你认真工作，踏实、勤劳，我心欣慰。

还记得2015年我刚来长沙不久，就与你嫂子一起邀请你来长沙，两兄弟在一起会有个照应。你那时还有些犹豫，也不知道在长沙是否可以找到合适的工作，我们对你又会是怎样的态度。于是，你"试探性"的来过长沙几次，时间不长，但从你言语及眼神中，我感觉到你对未来充满迷茫却又怀揣着希望。

就这样，2016年初，你还是决定来长沙。

我跟你说，你是开挖机的老师傅了，先尝试一下自己找工作，不行的话我再找朋友给你介绍，还教了你如何通过网络搜索岗位需求、使用58同城等平台。因为我想让你知道，自己能够解决的事情，就不要麻烦别人；无论是谁，都没有义务也不可能一辈子照顾你。你很灵活，三天之内

◎ 2015 年兄弟留影于岳麓山

就通过网上平台找到了在岳麓含浦开挖机的工作,而且月薪比我还高。

之后,你对长沙更加熟悉,又认识不少新朋友,并且换了单位,工资还有所提升。你的为人处世、言谈举止都显得更加得体,开始懂得注重仪表,人也变得自信许多,从精神到外在都有了不少变化。我与倩倩姐还经常讨论,要如何来"改造"你呢,并经常以开玩笑的办法鼓励你,说:"人的成长讲究氛围,你跟两个名牌大学的硕士研究生一起生活,相当于读一个大学，在这种氛围里都不能有所提高，那就要从自己的身上找原因了。"

你来长沙之后，我们的收入都并在了一块儿，由我来掌舵，平时就给你一些生活费，然后一起打造新家园，目前我们也算在长沙拥有了一个家，这种"有家"的感觉相信你我都懂得。我和倩倩姐也对你说过，在你没有结婚之前，你就是我们小家庭的一分子，将来你有女朋友了需要见家长时，就往我们这里带。

我经常会像个老父亲一样念叨"机遇垂青于有准备的头脑"，我的成长是这样，你的成长肯定也是这样。我时常说，家里的书够你看三年五载了。当然有些你看不懂的，但看见你偶尔会翻阅《明朝那些事儿》《水煮三国》等书籍，我也比较高兴，至少你是一个不拒绝进步的人。

我发现毕业多年的你还可以到湖南省水利水电建设工程学校读个全日制中职。于是，我们一起到学校进行了考察，看到也有比你年龄还大的也回来读全日制。就这样，你于2017年8月22日重回学校读书三年，专业为"建筑施工（工程造价）"。

为什么要读书，理由太多，诸如，能够满足你的精神与物质需求。让你重回学校，肯定是想让你将来有更好的发展。你以前的积累都在建筑行业，但你之前没有接受系统的建筑施工教育，很难有更大的发展。在水电八局高级技工学校里面，你会接触到更多同行业优秀者，这将是一个平台，有利于你在建筑行业人脉圈及事业圈的发展。一个鲜活的例子，与你同父同母的我，能够成长为自己带团队的律师，是离不开学校、老师、同学的塑造与帮助的。

至于，你所担心的，去上学了，我这边的压力可能就会大些了，我认为你不用考虑太多，我能够与你一起报这个名，肯定会有所掂量与准备。况且，你也知道，少年时期经历了太多的不幸与坎坷，青年时期我的事业发展较为顺利；我们现在也不是十年前的小男生了，得懂得如何合理调动各种资源。你就安心地在学校好好学习，提升自我的能力吧。

从年龄方面分析，我认为你还年轻，毕业出来也才 27 岁。何况你是男人，男人在社会及家庭方面，是要充当顶梁柱的角色的。你也只有提升自我之后，才能遇见更美好的自己及更美好的"她"。就如，我如果没有读研，肯定是不能遇上同班同学、集美丽与智慧于一身的倩倩姐。

一下子又说了这么多，你就好好上学吧，你现在属于"一人吃饱，全家不饿"，还可以抓住青春的尾巴，来一场说上学就上学的"旅行"。

兄弟，你的未来在你的手中，努力勤奋，一切梦想都可能实现。人生漫长，但关键性的选择就那么几个，哥哥希望你用心学习，这肯定会是你人生的又一个转折点，期待遇见更优秀的你。

哥哥：付永庆

2017 年 8 月 2 日

写给两位未来的合伙人

湛晶、张祎：

前不久，你们终于写出了自己的第一篇文章。很好，你们的文字我都看了四遍以上，都是用心写了的，也是一步一个脚印过来的，这些我都看得出。

我与你们一起也都走过了半年和一年，在你们的文字里，都有提及我们的第一次见面和面试的时候。其实，我也记得。我跟你们说过，希望你们能够尽快独当一面，我不仅仅是把你们作为助理来对待，更多的是未来事业合伙人来培养。

人的一生本来就很短暂，能够在一起相处工作半年一年以上的，都已经很不错了。我是一个生活感性、工作理性的人，茫茫人海中，既然在一起共事了，属于一种缘分，我也很珍惜这种缘分。

以前带过我的律师给我说过，律师需要的技能有很多，做律师就是做

◎ 2019 年湛晶律师初次来律所

超人。不仅需要法学知识，社会学、心理学、逻辑学等各种知识都需要。对于我们律师而言，"听说读写"肯定是很重要的，而"说"和"写"尤为重要，这两项技能需要我们用一生去不断完善。

一

先聊聊湛晶吧。第一次与湛晶见面差不多也是现在这个时候，快过年了，刚好从北京回到长沙，第二天中午又要去深圳开庭。上午在律所面试，就这样敲定了。

最打动我的，还是湛晶那厚厚一沓简历及所写过的法律文书资料等。这不就是我以前的求职材料嘛，简历加上所办理案件的法律文书，如何证明自己"优秀"的事实"证据材料"。唯一有所遗憾的是，司法考试主观题差一分，等于我要招一名未过司考的法科生做助理。因为我觉得，自己也算是名校法学硕士毕业，本科毕业那年一次性考过司考、考研、公务员，骨子里还是有那么一点点的"骄傲"，司考则是一个最基本的准入门槛。

但是，也就是这个女孩子专门从家乡赶过来的坚毅及求职材料触动了我。今年没过，明年再考呗，先试试吧。同时，我也回绝了其他几位说要春节后再来面试的人。这一点，也让我体会到了要在工作上积极主动的重要性。

现在，一年已经过去，恭喜湛晶顺利地通过了司法考试，我觉得她在业务上基本也能独当一面了。至于细节性的成长，我就不在此评述了。只希望你们觉得满意即可，毕竟，青春是你们自己的。

二

张袆是一个同学推荐过来，在6月加入团队的。那个时候我和湛晶也在面试其他人，我要求加入团队的人，必须是我们都认可的。

一个多月的时间，我们面试了不少人都不是很满意，也可能是双方都不太合适。有一个比较中意的又没有缘分，学校要集中实习。而我那个时

◎ 2019年与张祎律师到同学律所

候也想着要再招一名男生，方便。

也就在这个时候，我出差去了上海，也顺带面试了张祎。

其实，这也算我自己独创的一种面试方式，就是带着面试者跟着我跑一天，实习一天。这一天的时间，能够互相了解，如果不成功，我会给予一天的报酬；如果觉得可以，则双方继续谈一谈未来、愿景使命价值观。

我的印象中，张祎是个中规中矩的女孩子，一天下来感觉不错，我也就把她实习的事情定了下来，只等她毕业后就回长沙来工作。

刚开始的时候，张祎对律师工作谈不上热爱，也不厌恶，如普通人一样，这就是一份工作。我则是一个喜欢说教的人，也是一个具有激情的人。这其中，也有过摩擦，不过总算过去了。交代的工作都能够按时按质完成，偶尔也会有点小惊喜。

三

平时，我们也经常会开一些团队会议，有谈工作、有聊团队发展及人生规划等。其实，我的很多想法及规划都跟你们说到了。

我希望你们也要有自己的想法与思维，去掉学生气，了解社会运行规则，懂得老板的想法，拥有律师的思维，然后慢慢形成自己的律师风格，塑造自己的品牌。

你们都是一毕业甚至还未毕业就来到我这里的，虽然带人的过程漫长也需要一些耐心，但"白纸好画画"，何况我们都是经过面试洽谈后双方选择的，我相信你们，也相信自己的眼光。所以，在接待客户及做案件的时候，我总是尽可能地让你们全程参与。如我之前写给"湘西老乡"实习生的文字，其实最快的学习就是跟着师傅模仿，言传身教，再"青出于蓝而胜于蓝"。

我是一个喜欢文字的人，也经常以文字记录思想。跟你们说过，既然在一个团队里面了，何况我作为你们的"老板"和"师傅"，你肯定还是得对我有所了解，我的一些文章你们一定要看。随着业务不断发展，我也不可能将很多事情重复地教你们，之前写给实习生的文字，对你们同样适用。我以前及现在的业务板块，你们可以通过看卷宗及现在一起做 case 来了解与学习。

业务能力的训练与提升需要下硬功夫，这个需要花时间及大量的案件来锻炼，如同一个优秀的狙击手绝对都是苦练出来的。而你们现在经历的，我都经历过。

另一方面，则是律师思维及案源维护与拓展。这个大家都知道很重要，却没有一个通则及共识，我也在摸索。埋头走路与抬头望天，到底哪个更重要，是很难判断的。路虽远，不行不至；尽走路，没有"北斗导航"，方向错了，有可能南辕北辙，事倍功半。

◎ 团队走访顾问单位湘西州政府驻长沙办事处

四

我与你们一样都属于有梦想与情怀的律师，也在选择属于我们自己的定位、方向与事业。我们有聊到过，我希望你们选择并且最终坚持做律师，是因为我对这个职业的热爱。我就是这样的人，也很难接受一个不热爱职业的人在我们团队里一起工作。律师团队及律所都是一个人合性很强的组织，如果看你们痛苦的工作，我也会觉得很痛苦。而人活着，应该是追求幸福，那还不如各自追求各自的幸福去。

平时经常说到的，则是你们要多观察多学多问，你们都不属于很外向型的人，其实我也不是，至少以前不是。我们都在金州所，这里藏龙卧虎，需要你们去了解、学习。律所有四百多名执业律师，说"三人行必有我师"，这得有多少个老师啊。我也不是那种保守型的人，与别人接触得多，对你们也多一些机会及成长。就前不久我也主动说过，你们完全可以实现金州所团队之间的内部流动，如果你们有意向或者想去其他团队，提前告诉我就可以了。我不会觉得没面子或者其他，现在我主动将这个说出来，你们不要有思想负担。

任何一个行业，慢慢地都会回归到简单。我总结的"回归"就是"做人做事"。

人，需要用品行去塑造；事，需要靠专业去雕琢。当然，我们不可能

◎ 团队走访顾问单位航盛新能源

让所有人都满意,就如同"一对父子与一头驴的故事",无论父子俩怎么做,是牵是骑,谁牵谁骑,都会有人说三道四。那我们就只能做好自己,努力维护好当事人的合法权益,对得住所在的团队与律所,并过好自己的幸福生活,足矣。

五

絮絮叨叨的,又是这么多了。

你们是女孩子，其实我也蛮有压力的，压力来自各方，不过都不会对我构成实质影响。很多事情，也不用我时时事事提醒，毕竟大家都是成年人。各种各样的事情与关系需要处理，我们都需要处理好同事、家人、工作、生活之间的关系。我们的交集主要是工作，我只负责你们"出得厅堂"，但我们都需要背后家庭的支持。希望我们都可以事业红火，家庭幸福。在这一点我们顾问单位老板黄总就做得很好，你们可以多多学习。

既然在一起共事，还是不希望你们将来某一天提到我时只有哀叹，没有"美好"回忆。当然，我也相信，我们都不会如此。希望以后你们能想起我经常提到的，就是现在我在带着你们赚钱，还指望着你们将来能带我赚钱呢！

前方的路，应该至少还有一年或者更长的一段同行。

书不尽言，希望我们都能够在2020年有更多的收获。

付永庆

2020年1月10日于深圳

第三辑 致敬岁月

做最好的自己 03

DISANJI ZHIJING SUIYUE

◎ 2015 年毕业南京大学校园留影

写在年末岁初

2017年已经远去,我们正在2018年的轨迹上前行。就在2017与2018交替的这几日里,我在湖南与贵州绕了一个大圈,处理公务与私事。

这几天,我的好友陈剑与倩倩的表妹慧玲完成了在贵州与湖南两地举办的婚礼,而我则是全程陪同。如同我当初结婚时,陈剑也全程陪同跑前跑后一样。当然,我也正好借这机会去探望一下奶奶与外婆。她们都是七八十岁的老人,我能够多一些陪伴她们则多一分欢喜。

在2017年里,我遇到过挑战,也迎来了机遇;有独自默默加班的孤寂,也有过朋友们相聚在一起的畅饮;有过初为人父的喜悦与憧憬,也有过不知道如何照料孩子及没有时间陪伴家人的矛盾与彷徨。太多事情在过去的2017年里发生,但留下的也仅是葱茏的回忆。

去年年初,我离开团队开始独立执业,而律师独立执业则意味着失去固定工资,失去团队依靠,从案源的开拓到业务的办理到后期维护都得靠自己去完成。现在回过头想一想，我还是挺有魄力的嘛。当然，其中最重要的是，还有妻子及家人们的支持，是他们理解、认可及支持，让我敢于去迎接人生的又一个挑战。

从自身而言，大家也是确认了我具备独立执业的能力。

2009年第一次在宁夏合天金天平律师事务所实习，在王新元老师的指导下，我对于律师行业有了粗略认识；2011年在北京中银（银川）律师事务所实习，并拿到了第一个律师实习证，并跟着李纲老师学习了诉讼实务；2012年在江苏刘万福律师事务所实习，跟着刘万福老师长了许多见识，也知道了东部地区的律师发展概况；2014年到2015年初，在贵州兴商律师事务所（现贵州九紫星律师事务所）实习，跟着范述喜老师做诉讼案件，拿到了第二个律师实习证（也是最后一个），协助及独立完成50余个诉讼案件，提升了诉讼业务能力，也跑遍了贵州每一个地州市，并且见识到了西部地区也是有"大律师"存在的。

实习期间，我经常到长沙出差或参观，接触到了湖南金州律师事务所，2015年南京大学硕士毕业后我回了长沙，便直接加入了湖南金州律师事务所的"魔鬼训练营"团队，拿到了律师执业证，跟着刘岳老师及团队成员们学习做非诉业务，学会了如何审查、制作合同，懂得怎样维护顾问单位等，将我那一颗只懂诉讼也只想一心做诉讼的狭隘之心进行了拓展。

金州所在长沙总所的执业律师有400多人，这在全国都是罕见的，在金州所这个大家庭里，使我对中部地区的法律市场及湖湘文化有了进一步的认识。

律师行业特有独立性。律师不比员工，每个独立执业的律师都是一个"老板"，其收入来源及支配均由自己负责，"经济基础决定上层建筑"，律师收入的来源决定了律师的独立性，很少受到律所及同事的制约，进而影响其流动性。金州所能够在长沙新时空大厦这近5000平方米的办公场所里留住400多名执业律师，本身就是一种魅力的展示。这也是我毕业即加入金州所的原因之一。

在金州所，还让我对律所及团队发展模式有了新的认识。在这里，传统意义上的师徒制、标榜现代化的公司制、介于传统及现代之间的团队化模式同时存在着；博士、硕士、本科，"半路出家"转到律所、"复转军人进律所""法检辞职到律所"的人皆有；还有原来其他所的合伙人甚至律所主任转来的也有。

另外，回到家乡湖南工作，我还感受到湖湘文化的团结性及内敛性。就长沙地区的律师行业而言，最有影响力的也就本土的两大所（金州为其一）；还有一个现象则是在房屋中介行业，湖南地区更有影响力的是"新环境"，而非来自北京、在全国更有影响力的"链家"。

独立执业后，我依旧会经常跟同事及同行进行交流，了解到许多"江湖故事""八卦段子"，但每一个故事及段子的背后都能够折射出一个人或者一代人的努力及专注。

要做成一名优秀的律师，前辈们告诉我们，得多读书、会说、会写、具有敏锐的法律思维等。我是一个力争上游的人，平时也喜欢阅读及写点儿东西，还有两篇小文在《湖南律师》上进行了发表，收到稿费的那一刻，内心是有一丝喜悦及成就感、满足感的。希望这些都能使我向一名优秀的律师靠近。

这才1月3日呢，看金州群里的消息说要举行年会活动了，这将是我参加的第三个年会活动。对于表演，我没有天赋，后天也没有培养，所以每次都当观众，也喜欢看一群严谨、理性的法律人上演一场文艺的"梦"。

年末岁初，总会写点儿文字，是对过去的总结，也是自我反省，当然也有展望。《论语》云，"吾日三省吾身"，也难怪孔子他老人家可以成为圣人，一天之内三次自我反省，扪心自问，善则持之，不善则改之，普通人是难以做到的。我不能像圣人一样"吾日三省吾身"，但还是会不时地自我反省一番：对家人、对亲戚、对朋友、对工作、对人生是否足够阳光？所走之路是否为人间正道？是否太过狂妄？是否已忘掉初心？就在此刻反省过去一年的所作所为，感觉还是没有偏离初始的航向。在现在的情况、条件下，或许我也只能做到这样了；而人生抉择就应当有舍我其谁的意气！

出差老家湘西或张家界的时候，我会挤时间去看望下奶奶和外婆，走访一下亲戚，拜访一下曾经给予我帮助与关怀的人；周末则尽量陪陪妻子与孩子，争取做一个好丈夫、好爸爸；若出差贵州，则到凯里看看岳父岳母，"一个女婿半个儿"，我的亲生父母不幸在我年少时便离我远去，岳父岳母便是我当下唯一爸爸妈妈，我也得像个儿子一样探望二老，莫让"子欲孝而亲不在"再次上演。在工作方面，我会认真对每一个当事人负责，

"在法律范围之内实现当事人利益最大化"是律师的职责也是我的准则。我是非常敬业的，既有过又累又饿半夜尚在路边吃烧烤的经历，也有过一日跑两省三城的匆忙，有时两地往返跑许多次也只是为了调取一份证据。

对于来年，我没有太详尽的安排，只能说是初心不改，在律师的道路上继续沉淀。从 2009 年接触律师行业到 2018 年也有近 9 年的时间，这一路上，我要感谢王新元老师、李纲老师、刘万福老师、范述喜老师、刘岳老师，你们都是我走上律师之路最直接的引路人，我现在的律师思维或多或少都有你们的影子，感谢你们的鼓励、指责、敲打塑造了今天的我，让我练得一身本领，能顺利地闯荡"律海江湖"。同时，也感谢金州所，感谢杨主任和颜姐等前辈们提供良好的平台，让我能跟随组织去延安学习，开拓视野。

回顾2018，展望2019

接近2018年尾声，2019年即将到来。

在这辞旧迎新的时间里，我失眠了。睡不着，于是脑海里就把这一年、甚至往年的不少事情都过了一遍。许多事都历历在目，恍如昨日。

索性起床，打开电脑，敲动键盘，写几行文字。

我是一个喜欢总结、也善于总结的人，成功了的是经验，失败了的是教训。没有什么好回避，也不是炫耀的资本。只是一个人要不断提升自己，需要"吾日三省吾身"，方可走得更高更远。

犹记得去年年底，那是我独立执业第一年，我写了一篇小文《写在年末岁初》，在写作本文之前，我还打开该文看了一下。对于2017年发生的事情，恍如一张张PPT幻灯片又映入我的眼帘。在赚取物质报酬的同时，内心觉得充实，精神世界也得到了满足，这可能也是我写作意义的一部分吧。

一、关于事业

我在 2017 年初独立执业、创业，为何要用"创业"这个词呢？可能只有律师圈内的朋友才能更加明白。"独立执业"对于一位律师来说有以下几点：可能再也没有人发工资；得自己拓展案源；需要独自对当事人承担最终责任，再也不会有人帮忙兜底；等等。这样的种种状态，和一名独立创办企业开公司的商人也没有什么区别了，但律师到底并不是商人，只是在帮助当事人"在法律范围之内实现当事人利益最大化"，既然不能所谓的"吃完原告吃被告"，更不可能过分的"唯利是图"。

用"独立执业"来代替"创业"这个词，也是我在提醒自己，除了懂专业，还要致力于做一名有情怀、有良知、有格局、有态度、有温度的大律师。即使长路漫漫，但我会一直努力；即使离追求的"大律师"尚有距离，但"身不能至，然心向往之"。

比如，蒋勇律师将"天同"打造成全国范围内的"小而精"专注于做最高院民商事诉讼的律所，并且就位于最高人民法院巡回法庭旁，还均使用一体化管理。专注于为法律人提供技术支持的 iCourt 胡清平校长，也让许多法律人体会到法律与技术结合的快感，"技术驱动法律"在这里已经不仅仅是一种口号。岳成律师事务所的岳成律师，在北京、上海、广州、哈尔滨等地都有办公室，其家族四代律师同时执业，可谓律师世家，我在读书时还有幸拿到过"岳成奖学金"。

金州所的老主任杨建伟律师可以说是所里的"灵魂级"人物，在长沙地区要打造一个执业律师就有400多名的律所，真是相当不容易，金州所多年来保持着中南地区第一大所称号（人数上），业务范围也已经形成往湖南以外蔓延之势，律师是很难管理的一个群体，律师界的"一年合伙、两年散伙"早已屡见不鲜，一言不合就可能"分道扬镳"，能会聚这么多大队人马，完全离不开律所管理者的格局与胸怀。

上述前辈都是一座座我们可以仰望的山峰——路漫漫其修远兮，我唯有上下而求索。

2018年是"改革开放40周年"，也发生了"中美贸易战""金融去杠杆""股市一片绿""金庸去世"一系列事件，对于我们每一个人好像都没有影响，却又影响深远。

只是，看你如何看待与感知。

就我个人来说，2018年肯定比2017年好。独立执业第二年，我有了更多的经验与教训。起点与平台又不再一样，如同滚雪球一样，刚开始比较艰难，慢慢地就越来越好、越来越容易做大做强了。当然，这些都是比较顺利的说法。

君不见，有多少独立执业的律师过后又慢慢转入法务、公务员、教师等队伍去了。如一位前辈所言，"律师绝对是一门精英者的游戏，现在门槛是相对较低，过了司考就能做律师，但要有所作为，绝非易事"。大浪淘沙，有幸方能"存活"。

很多人都说 2018 年生意难做。在整个经济环境不好的情况下，A 股上市的股份公司都有大量不能兑付的到期商业承兑汇票，由此而引发的纠纷就有很多。我自然也接触了大量票据纠纷、保理合同纠纷案件。对于在中部城市长沙的执业律师，这还算是比较新兴的业务，刚开始拿到业务时，我也不能很精准的把握，问了许多人却都没接触过，哪怕是在北上广深做律师的同学，也没有此类的"实战经验"。但我们毕竟有着基本的法律功底、严密的法律逻辑思维及超强的学习能力，我立即买入各种关于票据、保理、金融方面的书籍，慢慢地也就懂得了相关知识，半年多时间下来，我自然而然就在小范围内成为这方面"专家"了，同事们也时常向我请教关于票据与保理方面的知识。

法律是上层建筑，会随着经济发展而变化。法律还"穿透"了任何一个行业，因为任何一个行业都得有规则，社会越文明，规则只能越规范。我们不可能回到丛林社会了，也暂时还不可能面临《三体》式的宇宙"黑暗森林法则"。

在商业领域里，合同法是基础，也是主体、权利义务、责任承担的问题。我把合同法又过了一遍——我有个习惯，读法条，特别是遇到案件过后，每次逐字理解法律的精髓都会有新启示，如同金庸小说里所说，"所有上层武功都需要强大的内功与基本功，否则就会走火入魔"。重新学习合同法，使我又得到许多只可意会不可言传的感触。当然，这也属于我个人的知识产权，我也没有义务将它"贡献"出去，就不写出来了吧。这让我想起，在一个保理合同中取得阶段性胜利后，同为硕士学历的当事人老总对我说："你证明了'知识就是生产力'！"

在物质方面，我今年换了一台奥迪A6L，因为喜欢奥迪A6的气质及品牌赋予的内涵，当然也是需要有一辆稍微好点儿的车来装点门面及提高生活品质。

与人们打交道，有许多人都会说我是一个比较实诚的人，我也喜欢他们这么说。因为我觉得"实诚"并不代表愚蠢或者看不穿，而是一个实在、诚实的人。

做人做事，小胜靠智，大胜靠德。

今年，金州所马上要搬进新购入的位于洋湖的办公楼，我也参与入股买楼，只是要律所的排名前85名才具有自选办公室的资格，而我刚好是86名，因而我都已经做好了继续坐卡座的思想准备。可是，当我在西安出差开庭之际，秦小阳书记突然告诉我说，我可以选到办公室，他说律所及大家都看得到我的努力，因而这个结果是管委会评议给出的。秦书记说："你属于那种踏实且勤奋的人，这是你应得的！"

这个结果，这些评论的话，是律所管委会与同事们给我的最高评价，是对我的认可和鼓励，我当然很开心，工作起来也更有劲头，更快乐，也更有成就感了。要说，能够硕士一毕业就加入金州这样的大家庭，让我不必挖空心思地去研究"高层路线"，不必操心是否遇见不公平的竞争及待遇，可以将全部心力都用在拓展业务、开疆拓土、努力前行之中，这真是人生之大幸啊。

二、关于家庭

无论是男人还是女人，如果仅仅拥有好的事业，却没有经营好家庭幸福，那只能算是缺憾和遗憾，人生当然也谈不上完美。我刚好就是一个完美主义者，因而不管如何为事业奔波，也会尽量抽出一部分时间来陪陪家人。

我时常会将工作与生活交织起来，比如回老家办案，就尽可能地抽时间去探望奶奶与外婆，也没给她们多少钱，但我去了就能让她们开心，让她们觉得自己被喜爱和重视。

有时候条件合适，我会在去外地出差的时候把妻子、孩子及岳母也带上，让他们出去走走，同去看看外面的世界，去感受"外面的世界很精彩"。而且，能陪着我一起"出差"，他们也是开心的，这也算是一种相守的方式，是一种与众不同的家庭活动吧。"外面的世界很无奈"，我是宁愿自己一个人去承受的。

当然，带家人出差是私事，在工作上我依然得让当事人满意。再说，我带家人出差也不会瞒着当事人，更不需要他们为相关费用买单。

三、关于文章

我喜欢写一些随笔。上大学以后,我抽空阅读了三百多本书,法、史、文、哲等文科类的书我都看,读书笔记也写了几大本,这些积累让我可以写出一些东西来。

当然,写随笔只是我的业余爱好,在这里我要把它单独列出来,是因为通过个人公众号的文章而使我结识了一群志同道合之人,达到了"以文会友,友以辅德"的作用,也给我带来了一些业务。这些因文字而走近的朋友,我们更能在思想与精神上达成共识、产生共鸣,我也很乐意为他们提供法律服务、进行法律探讨、谈天说地,而他们也会更"懂味"和"懂我"。

在过去的一年里我写了十多篇随笔,全无任务、无定时、无定期、无定性,如《豪宇所六律师被打事件之感伤》,就有很多老朋友及新朋友为我点赞。还有其他的一些结合社会现象的法律思考,我会顺手写下来,当然更多的还是我在办案过程中经历的种种,有了些小感触我也会记录下来。

在我所接触到的文友中,从职业上划分有法官、检察官、律师、学生、老板、学者、记者、企业高管、政府官员等,从学历上看多数都是本科以上学历,硕士居多,甚至有几次出差办案的半途中,一名微友法官还请我吃饭,虽第一次见面,但我们感觉很熟悉。有些企业老总也是挺认可和相信、欣赏我这个人，觉得我们都还是在为社会做一些正能量的事情，也就将其法律事务交给我来处理。"谈笑有鸿儒，往来无白丁"极大地满足了我这颗向往"文人墨客"的"虚荣心"，给我坚持写作增加了动力，这是一种良性循环。

仔细思索，写文章似乎也成了我打造个人名片、拓展案源的一种方式。文人一般"面皮薄"，不会主动推销自己，我也是。我是那种可能永远都不会到医院或看守所去递名片的律师，也不会在网上竞价推广——这并非我瞧不起这样的律师，而是我个人不习惯这样的方式，各人的个性和思路不一样，因而会做出不同的选择。但我爱写文字，记录生活，让更多人了解到了我，朋友或案源可能随之而来，或者不会，这都不重要，随缘好了，毕竟我在写作的时候也得到了许多快乐。

四、总结

不知不觉，已经写了这么多。如同独白，意犹未尽。但天下哪有写不完的文章呢！《红楼梦》再长，最终也以"说到辛酸处，荒唐愈可悲；由来同一梦，休笑世人痴"而结束。

◎ 付永庆在律师事务所值班

致敬 2020，规划 2021

18 岁以后，觉得时间很快。

现在都还记得 18 岁那年考上北方的大学，一个人第一次离开湖南去千里之外求学时的情景。一切恍如昨日，还历历在目，仿佛一转眼，就 2021 年了。

此际再回首一下 2020 年的日子吧，让这一年如一张张幻灯片从我的脑海里闪过，看看我这一年到底经历了什么。

原本计划春节后"家庭长三角旅行"及"团队发展市场考察"化为泡影，一家人只能待在贵州凯里的岳父母家，大门不出二门不迈，追剧、看书、写文章、研讨案例、思考、线上交流，成了疫情最严重期间的主要内容。当然，我也写了几篇文章与朋友们分享，用文字来推动思想的交流和灵魂碰撞，促生灵感。

等我回到长沙，妻子孩子依然还在凯里。那时候，2020 年已经过去

◎ 高中毕业照

了一个多季度，仿佛一年还才开始呢，大家都感慨万千，而全国上下也都忙着复工复产，我们也不例外。

回到长沙后，我便着手团队工作，围绕客户及去年规划而展开工作，也调整了部分计划。因为疫情还说不上"结束"，我们只能尽量减少外出，减少人与人之间的接触，因而北京之行也就一直搁置了下来，直接导致"立足长沙，辐射全国"的脚步放慢了不少。

2020，回眸望去，有很多值得致敬的地方——

《南方周末》的新年献词，让人觉得"整个世界仿佛进入到历史的三峡中漂流，前方仍可能是凛冽的冰河，是汹涌的怒海，你我同在这一艘船上，无处可退，无人例外"；参加湖南金州（湘潭）律师事务所成立一周年庆典暨金州律师事务所发展与创新论坛，知道了金州欲如何在"立德护法、勤勉尽责、精益求精、共创卓越"的道路上走得更远更深。

从世界到国家，再到律师行业，从金州律所到团队及个人发展，中间很多可能并没有什么直接联系，但一切又都息息相关。

关于"结合团队及自身的发展"，我是要对2020年给予致敬的。

首先，致敬它一年来带给我们那么多感动；其次，致敬它让我们体会到什么是危与机并存；再次，致敬它让我们懂得必要时放慢脚步；复次，致敬它让我们更加懂得亲情友情的可贵；又次，致敬它让我们的团队得到了综合提升；最后，致敬它让我们的事业及创收依然逆势而上。

在这时间的节点上，我依然感恩过去，给予致敬；敬畏未来，布局谋篇。

大自然运行是有其客观规律的，依据规律的客观性及普遍性原理，除了自然规律还有社会规律。就社会规律之律所、律师发展而言，我们是完全有能力、有必要进行总结及规划的。

并且，我们在制作规划的时候，需要将自己置身于国家总体规划及行业规划范围之内，顺势而为。

就律师行业而言，截至2019年底，全国已有47.3万名律师；司法部的改革纲要中预计，截至2022年底全国律师总数要达到62万人。结合当下的律所及律师发展业态，律师人数只会越来越多，法律市场也在不断被释放，我们的前途依然是危机与机遇并存。

就律所而言，前不久我看到王明夫在"和君"咨询的一篇文章，说未来律师行业的格局大走向，"一边是头部大所，一边是精品小所。不能走向这二者的其余律所，都得死，不死也是苟且偷生的平庸之所"。规模大所能依托大规模而占据有利地位，精品小所能依靠其特有的专业能力而获取客户认可，而其他律所则只是活着，艰难地活着。仔细想想，王明夫的话可能让一些人听起来不怎么舒服，但他的话糙理并不糙。

金州所在湖南乃至全国肯定算得上是大所了，但就我个人及团队而言，则属于青年律师及初创团队。结合大势及自身情况，我的具体规划如下：

1. 继续深耕保理与票据领域

有幸在《民法典》颁布之前就接触了大量的保理及票据业务及案件，这次《民法典》第三编第十六章共九条，让保理合同从无名合同变成了有名合同，而我们团队在这之前早已"抢滩夺地"，存在一定的优势，对于这种优势我们需要利用好。

2. 细化新能源行业法律服务

感谢新能源行业的老总们对我及团队的信任与支持。一位在深圳做律师的南大师兄分享过一句话"信任创造价值，细节决定品质"。师兄这话我很喜欢，也一直在践行。

新能源行业很大，与传统行业相比，国内外市场基本在同一起跑线上。我们目前主要聚焦在新能源锂电池行业，但新能源锂电池之四大主材"正极、负极、隔膜、电解液"都提供过服务，电池行业的上下游企业及老总们也接触了不少，并且还在不断深化。我们要争取在法律服务上更加细化，提供更专业、更精确的法律服务乃至资源整合服务；以新能源电池产业链为基础提供法律服务，实现从原材料、到主材、到电池、到企业用户等电池产业链的循环服务。

3. 打造"一专多强"甚至"多专多强"团队

除了保理票据领域，就团队发展而言，是可以实现一专多强甚至多专多强的。甚至，这也是团队发展的必须，团队新人需要接触大量不同类型的案件来成长；团队也可以通过"打造出两到三个专业品牌"进行市场竞争，更好地服务客户。可以结合目前服务的房地产公司，在建筑房地产这一传统行业进行专业积累。

4. 实行人才的联合培养及建立跨团队跨区域跨律所的合作机制

律师行业的竞争终归是人才的竞争，如何将自己打造成人才及培养团队人才，让团队人才愿意跟着团队负责人一起成长。

人才的联合培养是一个突破点，与其他团队负责人一起培养律界新人，不同团队之间的律师助理乃至独立律师都可以到其他团队跟班学习，对于律师个人及团队都能获得成长。核心重点，是需要找到比较懂规矩、有默契、能同频、知分寸的合伙人。

跨团队跨区域跨律所的合作，是市场发展的必然要求，律师服务无非是调动各种资源实现当事人合法利益最大化。我们团队的很多客户都是在

◎ 于深圳进行保理实务分享

全国范围有业务，其活动平台就是全国乃至全世界，则提供法律服务的我们也必须跟得上。

另外，依旧是"立足长沙，辐射全国"战略的具体实施。路虽远，不行不至；即使没有达到预期效果，又能怎样！路还很长，还有时间。

5. 多分享多讲课

与好友肖升律师交流，其分享给我的"思考后的共勉"触动了我。其中有"能量守恒定律，你释放多少能量，你就会收获多少能量"。去给同行、合作团队、客户等做一些专业分享，重点是保理及票据领域；对于有兴趣有缘分的律师团队，甚至可以通过联合培养人才的方式，一起去开拓保理与票据领域市场；若合作团队同意，也可以让自己团队向其他团队进行学习。

6. 继续做好中共湖南金州律师事务所委员会第五党支部的党建工作

作为第五党支部书记、金州所的合伙人，做好第五党支部的党建工作属于职责。既然担任了职务，则需要做好本职工作，为金州的党建添砖加瓦，至少不能因为第五党支部而拉低了金州所党建的整体水平，要争取为金州所的发展做更多贡献，做到"三个统一"。

7. 兼顾长沙市吉首商会发展

一群湘西老乡在杨国友会长的带领下，我们作为核心发起人团队，一起见证了长沙市吉首商会的筹备、成立与发展，我还是商会常务副会长，为商会谋发展是情怀也是职责。一班湘西兄弟姐妹们因为乡情聚在一起，一起做了很多有意义的事情，有法律援助，也有商业合作。可以结合自身的专业知识、人脉资源等，为商会及会员提供服务，资源整合。

2020年已经过去，我的人生也走过30多个春秋，在此际，我特别感恩生命中遇到的那些美好的人，并感恩这个时代。

愿大家在新的一年财源滚滚，平安幸福，牛气冲天。

后两年大学生涯的规划书

> 这是读本科时候写的规划书，当时懵懵懂懂，一身青涩，心中却藏有丘壑，有着鸿鹄之志。现在看此文字，虽不甚完美，但却是当年那20岁的我对未来的谋划与展望。
>
> ——题记

不谋全局，不足以谋一域。

已在大学度过了两年的时光，我自认为没有将太多的光阴虚度。上无愧于天地父母，中无愧于心，下无愧于弟妹。但要如何利用剩下的两年时间尽可能多地学到些东西，我还是需要有一份较为系统的规划书，能结合自身情况和心中的抱负、周围的环境，选择一条最适宜自身发展的道路。

于大的环境来说，国家处于稳定发展阶段，特别是改革开放40多年

来中国所取得的各项成就足以让每一个国人扬眉吐气，大学生数量也增加了好几十倍，并且已出现大学教育大众化，大学生就业难等现象。就法学专业来说，法学本科生就业率在各专业就业率排名倒数第二，但与国家和社会所要求的法学人才数量却远远不够。主要原因之一是，要想成为正式法律工作者便必须通过司法考试，而司法考试的通过率相对较低，将许多法学本科生拒之门外。

于小的环境来分析，我求学于北方民族大学，现在就读大三第一学期，明年9月份可以参加司法考试，这是一个机会，也是一个挑战。同时，明年也是考研时期，这需要我更认真、透彻分析，"抓住事物的主要矛盾，分清矛盾的主要方面"，并根据事物的不断变化发展，调整策略，争取做到事半功倍。通过司考，拿下研究生。

现在是 2009 年 10 月，距 2010 年 9 月司法考试是 11 个月，距 2011 年 1 月的研究生考试为 14 个月，从司法考试结束到考研有 3 个月左右时间，我需要将这段时间分为三个阶段，侧重不同点积极准备。

第一阶段：2009 年 10 月 19 日至 2010 年 4 月，共 6 个月。侧重学习英语及法律，此期间"两手都要抓，两手都要硬"。英语学习要注重基础，坚持记单词，攻克长难句，完成考研英语第一轮复习；法律学习侧重于民法、刑法、行政法，既为司考准备，也为考研打下扎实基础，其他专业课不能马虎对待，不能不上课，以免养成厌学心理。

主要依据：

一、英语单词已过了一半多；

二、2008 版"三大本"基本已经过了一遍。

要求：

一、英语完成第一轮复习；

二、民法、刑法、行政法的知识点基本了解、掌握，相关的重点法条看完，历年真题做完。

第二阶段：2010 年 4 月至 9 月，共 5 个月，专攻司考。到时报司考辅导班，借鉴、汲取他人的经验，做到有计划备考。

第三阶段：2010 年 9 月 22 日至 2011 年 1 月，共 3 个月，专攻考研。在第一个月完成英语第二轮复习，政治第一轮复习，专业课过一遍。第二个月将是最难熬的一个月,"衣带渐宽终不悔,为伊消得人憔悴"。第三个月查漏补缺,全力以赴,准备迎接新一次洗礼。

以上规划是在对未来一年多时间进行的宏观上的整体规划,具体实施还有待于在日后生活、学习过程中,根据实际出发,做到具体问题具体对待。

如此的规划可能有以下三个结果:

一、司考和考研都考过了,这将是最理想的结果。

如果如此,则尽快联系律师事务所挂职实习一年,拿到律师证,还要认真准备研究生复试,不可光阴虚度。

二、司考和考研只过一门。

而此种情形又分为如下两种情况:

1. 司考过了,考研没过。此情形可能性较大,因为司考准备时间相对充足,加上专业课功底比较好,就是英语有些弱,所以报考学校不能要求太高,但必须是一个好地方,这样将来有利于就业与发展。此情形,则在银川司法部门找一份工作,先解决就业和生存问题,再谋求进一步发展。

2. 司考没过,考研过了。则认真准备复试,争取不被淘汰。复试过了则去读研;若败了,则准备考公务员、再次准备司考。

三、司考和考研都没过。

这是最残酷的结局,不过我一路走来,面对和接受的残酷事实还少吗?

我本来就一无所有，即使败了，还有我自己。如果出现此情形，则报考公务员、准备司考。不过在此之前可以美美地哭上一场，不为别的，就为上苍给了自己这么多机会，竟然让它溜了。

不管出现哪种情况，我都会坦然接受的。

大学毕业时，我将22周岁，无论是继续求学还是走上就业道路，都应该自力更生了。亲爱的家人，谢谢你们这么多年来对我的关心与照顾，你们为我做出过许多艰难的抉择，我爱你们，我会按你们说的，永不放弃、自强不息。请你们相信我！

今年寒假不回家了，去银川市兴庆区检察院实习。一是增强能力；二是能体验检察院的工作氛围，看是否喜欢，以便将来找到自己喜欢而又合适的职业；三是可以接触到更多的人，从他们身上学到更多的东西，他们将成为自己的一笔无形资产，有利于将来就业及工作。人与人的交往主要还是靠品质的相互吸引，要不断加强自我修养，虽难成圣贤，也不可沦为小人。

2009年10月19日至2010年4月，6个月在检察院实习；2010年4月至9月，5个月准备司考；2010年9月至2011年1月，3个月准备考研。

为荣誉而战！

付永庆
2009年10月19日晚

后记：承蒙上天眷恋，司考通过，考研也考上了南京大学，后面报考银川市兴庆区检察院公务员成功。最终听取一位前辈说的"不要因为一朵花而停留了前行的脚步，你属于远方"，我选择了读研。

三年的收获与展望

接触律师行业已经有 9 个年头,我一共待过 5 个律所,分别是:宁夏合天金天平律师事务所、北京市中银(银川)律师事务所、江苏刘万福律师事务所、贵州兴商律师事务所和湖南金州律师事务所。于是,我也就跟过了 5 个律所师傅,他们风格各异,但都在这个行业有了名气。师傅们有过人之处,我这做徒弟的则是尽可能地向各位师傅学习,学习师傅的优点,期望成为一个像师傅们同样优秀的律师。

今年是我来长沙、来金州的第 3 个年头,一切都过得好快,恍如昨日。

2010 年 9 月参加司考,我在 2011 年拿到法律职业资格证,同年也拿到了律师实习证。由于上学原因,当时没有拿执业证,正式拿到执业证已是 2015 年 9 月,所以时至今日,我的律师证法定执业年限尚未超过 3 年——有许多行业内的参评都要求执业 3 年以上,每次看到后,就默默飘过。不过这个好像对我的执业及业务拓展影响也不是很大,只是少了

◎ 团队部分成员及家属合影

一些与优秀的同行交流的机会。

人生路走了近30年，我却拥有着一张近40岁男人的脸，内心却仍然还在少年。由于我长得比较着急，刚接触律师行业的时候，就常有当事人问我孩子多大了，开始我还挺不好意思的，后来习惯了就很自然地说，孩子刚出生没多久。再后来，我发现长得比较急，在律师行业，好像还是一种优势。

经历了人世间的悲欢离合，看惯了江湖上的秋月春风之后，无论从外表还是心智，我都会比一般同龄人显得更成熟、稳重，而现实也确实如此。

很多时候，法律其实就是社会规则的总结，一个人始终秉承一颗积极向上的心态，经历了种种并且战胜了它，这种经历本身就是一种能力的体现，也是一笔财富。回过头来看，它们都不是弯路。

当事人寻找律师时，他们多数都是遇到了困扰或挫折，需要律师帮助他们排忧解难。如果一个律师本身就有"爬雪山过草地"的经历，便会产生"五岭逶迤腾细浪，乌蒙磅礴走泥丸"的状态，大风大浪见多了谁都会宠辱不惊，在为当事人处理一些纠纷、小坎坷时，这也可化作一种优势。至少，在人生比拼中，他知道如何有效地从逆境中走出来，当事人也需要这种"过来人"的指引。

律师是社会众多职业的一种，法律也只是解决问题的其中一个途径。我们都不知道，哪一天、哪个点上，之前的经历会成为自己现今事业的爆发点；至少，我已经知道之前的经历为我现在的事业奠定了扎实而稳重的基础。

在我曾经工作过的律所中，有几百号人的大所，有几十号人的中型所，还有10人以下的个人所；5个所的分布也有在东部的，有在西部或中部的，但都是设在省会城市。在省会城市，能见到的就更多，更形形色色了。同时，这些律师有公司化管理的、有团队化管理的、有传统师徒制的，甚至还有"挂羊头卖狗肉"式的。总之，我也算有幸，在30岁之前都经历过看到过，或者近距离接触过，了解得比较全面了，看问题便不会偏颇，处理起事情来也就更靠谱了。

律师这个职业，是伴随着改革开放、经济发展而兴起的，经济发展多数都是由市场决定。而所谓的市场决定，对于刚刚接触律师行业的新人来时，就是你的师傅、老板决定；对于可以独立执业的律师来说，则是你的当事人决定。

我属于刚刚独立执业不久的那一类，很幸运还可以在长沙这座城市通过律师这个职业养家糊口、安身立命。我来长沙第一个上班的地方是湖南金州律师事务所，现在还在这里，我想今后应该会长期在这里了。

长沙，是湖南的省会，是我正式毕业后待的第一个城市，也是我购买的第一套房子、第一辆车子的所在地。这里还有许多同学、亲戚、朋友、同事，形成一张交织的幸福网。对于这座城市，已经有太多的喜爱。

犹记得，2015年刚刚离开南京来到长沙时，一切都是那么陌生的。

要知道，自我高中毕业后就没怎么在湖南待过了，虽然湘西属于湖南，但两个地区却有无数不同。因而对我来说，长沙一切都是新的，包括金州所也是。

但我们这种从湖南小地方出去，一直在外漂泊的游子，会有着浓浓的乡土情结，这促使我回到了省会长沙。况且有校友、同学、朋友朱波杰和陈剑都在金州所，这对我也是极大的"吸引力"。

金州所的历史及渊源我也是通过朋友们知道了一些，400多名执业律师还没包括分所执业人数，这放眼全国都是屈指可数的，这也是对我的"吸引力"之一吧。在毕业之前，我已经待过4个律所，对于律所运行的明暗规则、律所与律师之间的关系、律师与律师之间的关系有了一定认识及见解。

律师一般都有自己的独立意识及价值判断，他们的财务独立，多数情况不是律所给律师发工资，而是律师给律所交管理费，经济基础决定上层建筑嘛，这也决定了律师不能"管制"，而要"引导"。反正我也觉得，律师太高能了，他们本能就是不好管理的。

同事们说"金州"的文化主要就是"狼性文化"，我觉得好像真还是这么一回事。

"狼行千里吃肉"。在金州，有人加班才是常态，为一份代理词熬到半夜，为了一份法律意见书反复推敲，为了赶早会见客户可以闻鸡起舞。大家虽都是同事，平时关系也还不错，但于法律关系上却不存在谁帮谁的义务，你要获得同行的认可唯有通过行动拿出成绩，很自然的，这也就形成一种你追我赶的氛围。据说金州所的内部竞争氛围在长沙律师行业当中是比较大的，金州所的优秀律师也是比较多的。

律师必须不断追寻如何在法律范围内尽可能地实现当事人的利益最大化，这需要我们有扎实的法律知识，和一定的社会经验，于是我们会像打仗一样工作着。打仗就有"输赢"，在这里，我们想做、要做、必须做的，就是要尽最大的努力赢得这场战争，因为它也关系到自己是否可以吃到这块"肉"，或者就会没"肉"吃，甚至还会被淘汰出局。

有句俗语说，"是骡子是马，拉出来遛两圈就知道了"，因而在金州所，或者说在整个律师行业，学历并不是第一位的，能赢才是最主要的。虽然也有不少优秀律师的学历并不很高，但的的确确还是高学历的律师当中优秀的更多。我从南京大学法学硕士毕业，也算是名校，但我觉得人与人相处，不应当戴有色眼镜，正向歧视、反向歧视都不行。

况且，我发现那些并非名校毕业或者没有高学历的律师，他们在做具体业务时也格外刻苦认真，甚至比一般人都更加努力，这样才取得更多成绩。虽说学历不是最重要的，但在当今社会到底还是很重要，至少在相同的能力面前，学历也是张王牌啊。当年少上了几年学，后来要花多少精力去弥补啊。我觉得，已经学历不够强大了，多辛苦些努力些也能成功，但却不必拿少数人的成功去劝世人"不好好学习"，那不过是吃不到葡萄说葡萄酸的心态罢了。

你看，虽然是律师群体这么高大上了，但他们的喜怒得失之心，与其他人并没什么两样，人性中的善与恶、是与非我们都有。

由于我相对去外地办案比较多，特别是喜欢在外地办案后，常去会会同学，发发朋友圈，或者晒晒工作场景及沿途美景，以至于有人感慨：觉得我常年在外面，说笑着说好羡慕、好有激情啊。

其实不然。我活得有激情是真，但常年在外却是假。

我的主要时间都在长沙，但日复一日地奔波，重复而单调，我就很少发朋友圈嘛，所以在长沙的日子也就不显眼了。

我认真思考过这种现象，觉得这和我的成长经历有关，用比较时髦的话说，每个人的"人脉圈"不一样。我出生于湘西，高中以前的活动范围就是湘西及张家界，后来本科在银川的北方民族大学4年，读研在北京邮电大学1年，在南京大学读研3年。所以，我所处的人来自祖国的四面八方，群体质量非常高，而我也是一个积极向上的有识青年，口碑还不错，这都是我的无形资产。

相对而言，我的长沙人脉倒是有限，因此能获得的优质案源会比"土著"们要少一点儿，外地案源反而会多一些。我也不希望把自己局限于湖南一隅，我是有机会、资源及人脉走出去的，何不趁年轻多走走看看，拓宽视野与格局；另一方面，在长沙的业务一直都存在，并且我的主要案源也还是在长沙；从地理位置来看，以长沙为中心的高铁三小时圈，基本上可以覆盖整个南部地区，再远一点儿的，飞机也可直达。

假以时日，我有了足够的涉猎和积累，我的工作和生活必将大有不同的，当然会是越来越好了——我自己也蛮期待的。

第四辑 律政思维

做最好的自己 04

◎ 夫妻律师照

回到家乡，永顺

> 近几日，我开车跑了很多地方，从湖南长沙到贵州凯里，去凯里法院及丹寨法院处理诉讼案件；接着转战湖南凤凰，与当事人沟通案情，收集资料之后夜游沱江；然后经吉首回到家乡永顺县，到永顺县公安局和法院跟进另一桩案件。最后，我从永顺经张家界，又回到了长沙。
>
> ——题记

我在湘西出生、长大，18岁之前一直生活在永顺这座安静的小县城。我生活在一个儒家文化氛围特别深厚的文学圈子里，在没有系统接受法学教育及参加法学实践之前，我甚至不清楚政府与法院之间的区别，不晓得权力制衡对社会长期稳定发展的作用，也不怎么明白"绝对的权力必然导致绝对的腐败"是什么意思。我知道法律是用来惩罚坏人的，心里面有一种具有传统气质的"恶诉"情结。但在后来，我进大学到读研究生，都是修的法学专业。

研究生毕业后，我选择在省城长沙工作。若要问我，学好了专业为什么不回湘西去建设家乡呢？我只能说当时的永顺县也实在太小了，很难让我从事律师这个深受我喜爱的职业。可我也没有去沿海城市，虽然它们更发达，但离家乡离亲人太遥远，一家人很难相互照应。所以，长沙是最好的选择，既可以从事律师职业，又可以乘高铁或驾车几小时就回到湘西。

这次回家乡永顺，并非简单地走亲访友，主要任务依旧是工作。通过这些年处理过的一些法律事务，以及家乡的发展与精神面貌的转变，其实我已经感受到了，当下的湘西乡村已经不再是费孝通《乡土中国》中所描绘的形态。"道路千万条"，到湘西去也不再局限于沈从文所说的"走水路"。孩子们也从吃不饱肚子，到了现在的生活环境优越。就连校门口卖小吃的大妈们都在用微信和支付宝收款了。你看，送快递的小哥在县城繁华的街道上不停穿梭，路上时常看到全国各地车牌在欢快地行驶……随着互联网的发展，全球化浪潮在无差别地冲击着这片神奇土地上的每个角落。

虽然我工作单位在长沙，但在这高速发展的时代，一切都极尽快捷，我同样还能为家乡贡献自己的力量。

"什么是我的贡献？"

我想，我的贡献应该是不辞劳苦，与好友陈剑律师一路奔波，为当事人实现在法律范围内的利益最大化。我们办理案件，与人交流接触，这也是一个说法、普法的过程，能影响到更多人了解法律、信任法律、遵守法律，让他们知道这世间已经没了"山高皇帝远"的偏僻湘西，所有公民生而平等、平权，可以依据国家的法律去"为权利而斗争"，维护自己的合法利益。

希望家乡的人们能越来越多、越来越深地了解法律，做一个知法守法的幸福公民。

一条抖音引发的感想

闲暇时，在家也围在火炉旁刷刷抖音。一段段视频，一曲曲歌曲，从搞笑视频到心灵鸡汤，皆可以围观。我享受这种只看不发的消遣，偶尔也会刷到熟人的视频，那就要多看一眼了。

我们看到有一些网红小姐姐、小哥哥们，一条抖音很快就会有上百万的浏览量或点赞，这对于传统媒体简直就是一种颠覆啊。但是，我们还都喜欢这种方式。于是，抖音、快手等网络平台飞快地占领了市场，也成为各行各业各人的宣传新阵地，成了人们新的社交平台。况且5G的到来让我们对流量更加肆无忌惮。

手指不断向上滑动的时候，我看到了金州所余宇律师的抖音视频，是讲述婚姻家事非法证据排除的，于是就仔细多看了几遍，再看看徐律师发的其他小视频，觉得挺好的。一下子，我也被触动了。

以往刷抖音，也见过律师利用抖音来宣传法律知识、加强个人品宣，但因为互不认识，他们的浏览量也不是很大，也就没有多关注。但余宇律师所讲的非法证据排除的内容打动了我。玩过抖音的人知道，抖音的视频时间很短，所以要在短时间内讲清楚"非法证据排除规则"，让绝大多数甚至还是非专业人士听懂、愿意听，真是很有难度。可能我从"内行看门道"的角度来审视，也觉得他讲得挺好。在此，我表示钦佩。

对于新型事物，我们法律人一般都会颇为"保守"，这当然无可厚非。

从法理学角度来分析，法律本身具有滞后性，它一般情况下都是先出现一种现象后，再出现规则。法律人长期接受法律熏陶，思维及生活方式上的"保守"，也符合社会学的认知与发展。

余宇律师是专注婚姻家事的，我身边还有一些朋友及"微友"也是专注于婚姻家事的律师，比如大学师兄朱波杰律师，比如长沙律协党委委员燕宇所的张艳律师，再如北京家理所的易轶律师等，他们都是很优秀的婚姻家事律师。

由此，我忍不住又浮想到了在律师行业略有争议性的话题——初入行的律师是否从一开始就应该走"专业化"的道路。

要知道，世界上各行各业各有各的规则，没有人能一通万通，专业化道路是律师的必然性趋势。但是经济基础决定上层建筑，让一个刚毕业或执业没几年的实习生或者律师就先"专业化"，他们到底该凭什么去"专业化"呢？

我觉得，青年律师刚刚开始从业就开始追求"专业化"就是个伪命题。"开门接客"，你能拒绝客户吗？在尚未"吃饱"的情况下，你愿意拒绝客户？你已经强大到可以选择客户了吗？在对行业还一知半解的情况下选择的"专业"，确定是你擅长的吗，确定它的"市场"是你能掌握的吗？这时候谈"专业化"是否会让多数初入行的律师路越走越窄。他们可能借助"师傅""团队"的平台习得某项"屠龙之术"，但某天需要"独立"或者"离开团队"时，却会发现"无龙可屠"；或者就一直跟随着师傅或者团队。只是，天下没有不散的筵席，父母都没办法一辈子生活在一起呢，何况每个个体的独立性特征，会导致理念和各种思路的不一致，谁与谁能保证一辈子在一起执业呢。

　　当然，所有人都应当对于师傅及团队怀有一颗感恩之心，不会挖师傅的客户，不诋毁，不暴露原团队的商业秘密等，这是做弟子做徒弟甚至做人的基本准则；其他却只能随缘、随环境转移而变动，或者就一直跟随师傅及团队，慢慢从徒弟变成小师傅，再变成大师傅，最终变成"掌门"也是有可能的。即使只是留下来做普通的一员，与同一批伙伴一辈子相依相守，那也是美好的故事。但我仍然会觉得，人生不安定因素太多，多一技傍身，能出众出彩，能为更多的客户服务，成为不可缺的存在，人生之舟才会更稳定。

　　作为"外行"的当事人，可能只知有"律师"，而不知律师会细分到怎样，你说专做医疗纠纷，婚姻家事的不接，当事人并不会觉得你有多厉害。另外，刚刚起步的律师，哪有那么多案源支撑自己走专业化的道路？所以，我认为普通律师还是要先吃饱，再图专业发展。当然了，有"门路"的律师可能案源无数，不在咱们凡人之列。

另外,我们再从律师专业的划分来说说。刑事、民事、行政,诉讼、非诉等项目的法律关系也在不断变化,大标的额民商事诉讼案件,极有可能就是民刑交叉,律师维护当事人合法权利,要争取实现其合法利益最大化,我相信绝大部分当事人都是要争取在"不涉刑责"前提下的利益。

马克思《资本论》讲,"如果有300%的利润,资本就敢于践踏人间一切的法律",律师不可能改变当事人在之前的行为,但对于当事人在之后的责任划分与承担方面,却还是要了然于胸的。那么,律师如何才能做到对当事人所涉事件了然于胸,然后给出具体的意见和建议,让其在做选择题的时候得到必要的风险提示呢?——律师身上,这些能力的养成不可能仅仅依靠从事过某一个领域的案件来积累,它需要不同案件的实战经验,参与过不同案件的受害人代理、合同修改、商业谈判、刑事辩护、行政诉讼,并为此也会阅读大量的其他专业书籍,这是个积累和扩展的阶段,然后从中有了心得,有了新方向,有了某些方面的建树和积累,这时候再谈专业化,就是成熟的选择,成功的可能性也就更大。

行走在悲情边缘

一

昨夜，微信里看到长沙某小区一名9岁男童在自家小区里被疯子用扳手和起子活活打死。很是震惊！

这还是11月5日发生的事情，地点在铁道学院附近。这对我的触动就更大了——我脑海里浮现出了三维地图，那是我经常经过的芙蓉路、南二环、市中心医院、雨花亭、地矿医院范围。

2015年硕士毕业我就来到了长沙，刚到长沙的时候，律所及租房也都在铁道学院附近；那时，我们还没有孩子，经常会两口子散步到林科大吃螺蛳粉；后来买了房子才搬到洋湖，虽然再去铁道学院的时间少了，但对这一块区域还是比较熟悉，也有了一定的感情。以这样的感情来看待这样悲剧的事件，就感觉它发生在自己身边似的，瞬间就让我整个人感觉都不好了。

事情发生在别人身上，仿佛离自己很遥远。但在此事发生之间，同样的，受害人家长恐怕也会有这样的"错觉"吧。从概率上分析，这样的事情很可能会发生在任何一个人身上，只是这一桩悲剧的主角刚好是谁。

这次，我们比小罗棋及其家人要"幸运"一点点，可谁知道呢，谁能肯定自己将一辈子幸运？

风险是悬在我们每个人头上的，不会因为富贵或者贫穷、博学或者无知、强壮或者怯弱而发生转移，就如拐卖儿童题材的电影《失孤》被拐卖的就是普通人家的孩子，而《亲爱的》则是住在别墅之中的孩子也都面临了被拐卖的境遇；现实世界的香港特区首富李嘉诚的儿子便被绑架过，付了十亿赎金才换回李泽钜；朱小贞与三个孩子被家中保姆纵火烧死，更是人间惨剧。

二

这次出差北京，我将妻子孩子都带了出来，让他们来一个陪伴出差的旅行。因此在看到这个消息后，我马上与妻子说起这桩惨案，她便再次提醒我带娃外出时的注意事项。妻子说，如果她在现场就找几块石头或找几

◎ 深夜于天津酒店写作

个人将那个疯子打走。即使打伤了也没关系，因为这属于正当防卫。

就这样，我们这两个法学硕士便就此展开了讨论，我从社会学及利益衡量的角度。若身边发生这样的事，我自然也会冲上去救人，但在"救人"之间也还是有法律风险的，普通人未必知道其中的法律关系。

"彭宇案"和"电梯劝阻吸烟被告案"等一系列事件，导致多数人都在明哲保身，学会了"多一事不如少一事"。事发后谁都可能会谴责现场人们的各种"冷漠",但这些旁观者并没有犯罪也没有违法,我们可以扪心自问,如果我们设身处地,会不会进行"成本分析"?会不会第一时间就冲上去将伤人者一脚踹开?

法律标准是最低的道德标准。如果一个社会的道德标准都低至了法律标准,那这个社会一定病了。

三

我又给妻子说了一件小事。那是今年在上海出差,我从上海站坐高铁去南京,在上海站就有一名中年妇女插队,我呵斥了她,那女人恼羞成怒,说"别人都插队我才插队",我则说:"我们绝大多数都在排队,再说,'别人杀人你也杀人'啊。"

那女人马上回复:"就是!"

我则说,"就不让你插队",同时瞪了她一眼。

可能基于我个头高身板儿大,露出了愤怒和厌恶的眼神,不像好惹的性格,于是她也有所忌惮,也就没有插队了。

妻子听完后马上劝我,说今后在外面要注意方式,如果那个女人泼辣、蛮横,还有一些不讲道理的朋友在一起,我则可能会处于不利,从而导致影响到我的工作与出行,要是我发生了什么"事情"就更加不好了。

从妻子的角度,我理解她的担心,我是家里的"主劳力",如果我这边出点儿状况，从情感或家庭稳定来说都直接影响到她和小洁茹。这人间冷暖我自己都经历过，当然舍不得她们去独自承受，我当然要保护好自己，这是一份责任！可道理都容易懂，但行走江湖，快意恩仇的性格总免不了会有"路见不平，拔刀相助"的时候吧！只是，我以后会多注意方式与方法了。

四

"秦人无暇自哀而后人哀之，后人哀之而不鉴之，亦使后人复哀后人也。"

今天你我不去解救他人小孩的危困，明天可能你家的小孩遇到危困也没有人会去救助；今天你不去帮扶一下倒在路边的行人，明天可能也没有人敢救起奄奄一息的你；今天你不敢对插队的人说不，明天可能就会让你无法正常出行；今天你不支持惩恶扬善，明天便可能是你大祸临头。

然而，小罗棋什么奇迹也没有遇到，他无辜的被害而亡，我们只能隔空陪着他的亲人一起悲痛，为逝去的小罗棋默哀，为其母亲悲伤，为其家庭不幸而伤感！

停电逸事

一篇旧文字，谨以怀念与云仔、善鹏共同度过的时光。

——题记

不知何因，今天全校性停电。

校外灯火通明、色彩斑斓，与校内的幽暗、阴沉形成鲜明对比。本打算去餐厅解决温饱问题，发现早已停业，留下的仅是一纸通知："因停电给您带来不便，请见谅！"

背着书包，骑上与我相伴已久的旧自行车，伴着天空中洋洋洒洒飘落的一些雪花，我和云仔出了校园。这一路上，全是向校外涌动的人，围巾、棉衣、帽子包裹着他们，在这样阴冷的天气里，我们学校有一万多人涌向校外去就餐，大家三五成群、呼朋唤友，也是别有一番滋味啊。

我们的自行车在一家客人不算太多的川菜馆前停下，停车锁好一气呵

◎ 2011年于本科校园，左一善鹏，中间作者，右一祥云

成，然后飞快地跑进了菜馆里。南方人对于北方的风沙与寒冷总有一丝的厌倦，再透风的地方，也还是要找个风吹得较小的角落坐下，开始了漫长的等待……

  这间餐馆我们并不是第一次来，但还是忍不住张望四周的摆设。大堂中间摆一炉火正旺旺烧着，能提高一点儿温度，也能给心里一点儿安慰。火炉上还摆着几个水壶，那是温着的茶，你看着它，免不了会有一瞬想起老舍先生《茶馆》的味道。四周的桌边都围着学生，青春且活跃，正在等待中闲聊有趣的童年，刻苦的中学，或令人烦闷的天气，和略有些彷徨的现在。老板娘当然是喜欢这种"满堂"的样子，但点餐送餐的速度肯定快不起来，她便得拿出温暖的笑脸来套近乎，目光殷切地在桌与桌之间穿梭，不断地倒茶，请各种顾客不要着急，菜马上就好。

就这么坐着聊着喝着茶水，约莫等了半个小时，我们的菜终于来了，是盐煎肉。这时候再扭脸看看隔壁桌上的空空如也，免不了生出一点儿欣慰。幸福果然是需要有个比较级。可我们吃着饭，看着各桌上也开始有菜上桌，而我们的菜却像被截流，等饭吃得差不多了，后续的菜还没有马上就到的样子。要等到把点好的菜上齐全了，我们得"中场休息"，似乎也没必要啊，于是赶紧把还没有炒的菜退掉，这么一来，饿是肯定不饿了，饱也算不上特别饱，但好歹是完成了一餐的吃饭任务，回吧。

两人重新骑上自行车，随身的两只大袋子装的全是考研书籍。骑在自行车上，看着周边来来往往穿梭的车辆与行人，我在心中却对自己说要淡定，再过十几天这一切就结束了。路，是自己选的；选了，就要为此付出。"既然选择远方，便只顾风雨兼程"，这也是我的座右铭。

刚考完司考，便要来进行可恶的实习，两个月的青春又被夺走了啊，感觉一点儿轻松的日子都没有。现在要一边实习，一边复习考研，但司考的成绩目前还是未知数呢，心里不免悬心得很。情感是需要表达与宣泄的，于是我对云仔说："我讨厌考研，惆怅呀！"他只是对我说："永庆，要坚持，就快结束了。"吐槽完毕，觉得惆怅就变成了小事，抬眼瞅瞅，我们便会心地笑了一下。

回到学校，依然没有电。

"看书吧，谁叫我们考研呢。"

点燃一支刚买回来的蜡烛,看一丝微弱的光芒照亮了屋子。我们待在各自的房间里,翻开了厚厚的书籍,开始与蜡烛相伴,但心思却随着微弱的烛光飘散了。说来,我已经四年没有用过蜡烛了,这微弱的光芒唤起了我从前的某些记忆。忆往昔,我立志要发奋读书,为了那些现在看起来会显得极幼稚的梦,也都燃尽了许多蜡烛,可我毕竟还是因此学得了"蜡炬成灰泪始干",留下了青春的轨迹。

此时此刻,我又点燃了一支烛,开始为另一个目标而驰骋长夜。

毕业后,云仔去了中山大学读研,现在广东当工程师,而善鹏也做了律师,之后在宁夏大学读研,现在银川工作;我则去了北京、南京、贵阳,之后回到了家乡湖南长沙。在休息的片刻时光里,就着闪烁的烛光,我写下了以上文字,用以纪念与云仔、善鹏度过的青春岁月。

我和我的湘西

> 这次到家乡湘西吉首办案之余,与朋友相聚,交谈甚欢;休息之时,心中有一股气流与思绪涌向全身,于是写下此文。
>
> ——题记

曾几何时,我离开了湘西,离开了故土,去了浩渺的北方,又回到了蜿蜒起伏的南方。

湘西位于湖南省西部,故称为"湘西"。湘西的山总是那么巍峨,我仿佛总是在围着它缠绕;这里的水也是那样痴情,围绕着山谷不停回环荡漾、旋转,仿佛它也舍不得离开湘西的大山,不愿流出湘西一隅。这山与这水的交织,结下了深厚的情。我离开的时候,突然觉得那就像是屑然的青山在送白水远去,不免让人肝肠寸断。

离别总是少不了的,水还是流出了湘西,涌向洞庭,奔向长江,去开创了新的天地。

湘西的人是有福的，能一直生活在最美最纯净的山里，与青山、白云、绿水同在。是湘西的山与水养育着人们，培育出了湘西人质朴、善良与清纯的品质。只要是去过湘西的人，都会产生不舍之情。湘西人总会用家里最好的东西来招待客人，即使他们只是在生活的贫困线上徘徊；湘西的姑娘爱唱歌，她们会为你唱最动听的山歌，让你流连忘返；他们甚至愿意将天上的星星送与你，作为你的掌上明珠。

因为一直都生活在山水之间，湘西的人便都染上了山的泰然、水的灵性之气。湘西人懂得拼搏，而且性格执着，能不停地为肩负的责任而奋斗；湘西人有情有义，愿意用一切方式去帮助曾经关爱过他们的人；湘西人仗义，他们不愿有任何一个亲人、朋友受到伤害，为此，他们总是含泪奔跑，去做一个更坚强的人。在湘西，这里有人们所熟知的名人，有的虽然只念过小学，但凭借其毅力及对家乡的真情而成了国学大师，比如沈从文；有没有经过正规艺术训练，牵着小黄牛在山上唱歌，而最终成了民族歌唱艺术家，比如宋祖英；有靠一身豪情，拿着两把菜刀干革命而成为共和国开国元勋，比如贺龙。

如今再看我们湘西儿女，已遍布全国各地，他们都在寻找儿时的梦想，且在梦圆之后，便会回到故乡探望翘首以待的母亲。多年的离别啊，儿子越长越高了，母亲却越来越矮小，这其中的情，却始终不会改变分毫。

我曾经站在北方的天空下，朝南望去，是一望无垠，我总是思索何时才能见到久违的山与痴情的水，仿佛能看见在那翠绿的山顶，正有人在等着我归去。如今我终于回来了，终于回到了母亲的怀抱。

漫 想

如果，我有足够的时间。我想要排队去就餐，体会等待的滋味，感悟那可望而不可即的心理。我喜欢看那些因得到小小满足而露出微喜欢笑的人们。而自己却站在那里，随波逐流，仅仅做一个透明人，不能对外界产生影响，外界也不能改变我。

如果，我有足够的时间。我想要去登上一座山峰。山顶的风会很大，吹拂或击打着我，不过这都没有关系，因为如此我便可以望得更远，能看到自己将要撑起的那片天空。

如果，我有足够的时间。我想要去辽阔的平原，展望那一望无垠的土地。或者踏上自行车，毫无目的地沿着小路向前，奔向远方。或者我还能看到西边那些云朵被染成绯色，慢慢地，有一轮新月挂在天空。但是，我仍要骑在我的车上，奔波，用我自己的力量踏出属于我自己的路。

如果，我有足够的时间。我想要去看海。任波涛击打着我脚下的

◎ 2016年结婚留影

礁石，而它却只能在我的脚下，即使它狂吼，我都会置之不理。海浪奏出的声音编织成了命运交响曲，在遥远极深之处，仍会有生命的快乐与希望。

新疆之行

人们对自己生活、学习、战斗过的地方往往会产生一种浓厚的感情。我在西北读了四年本科,也曾到过不少地方,却没有去过邻近的新疆。后来,我离开西北,去了北京、南京、贵阳、长沙,这一路越走越远,离新疆也就更加遥远了。但我在新疆的同学、朋友倒还是蛮多,他们也邀请我抽时间去看看塞外风光,但由于种种原因,也一直未能成行。

这次,我正好代理了一个新疆的案件,于是开始筹划新疆之行。和许多人一样,想到新疆首先就是觉得实在太远,然后就还有安全问题。

关于距离,记得以前曾和同学聊过,但他们给我的解释却很有趣,只说是,"不是我们新疆太远,而是甘肃太长"。是啊,我们的国家真是太大太辽阔了,不到新疆、西藏那样的地方去走走,你真是很难想象出我们的国家大到什么程度。看看世界地图就知道,不少国家还没有我们一个省大,开个车随便跑跑就能抵达国境线,而我们呢,飞机从长沙黄花机场出发，不经停，直达乌鲁木齐都要四个多小时，直线距离三千多公里呢。

客机飞经西北上空，我透过舷窗向下看，能看到连绵起伏的山被披上了一层雪白。这是高寒的标志，给人的印象是了无生机，可是，就是在这样冰天雪地的地方，也会有人在生存、安居乐业，让人感受人类的坚韧及生命的伟大。

2018年1月21日，星期天。我拖着行李踏出机场那一刻，就深切感受到了乌鲁木齐零下二十多度的严寒。当事人早已驱车在机场等候多时，这时候赶紧迎上来帮忙拿行李、开车门，热情得让我又感受到了阵阵暖意。我们直接从机场到了石河子，在酒店入住后我首先给家人及朋友报了个平安。当事人安排了晚宴为我们接风洗尘，喝酒不是我所擅长，只能适当地喝上少许意思一下，酒宴中的乐趣便是与一位老前辈同背诵《沁园春·雪》。我说起在飞机上看到了白茫茫的一片，大约就是"山舞银蛇，原驰蜡象"那样子吧，于是想起了伟人的诗词与豪情。老前辈说他曾经下海后，还在湖南娄底做过两年生意呢。

觥筹交错过后，我回到酒店与当事人坐了下来，开始了解初步案件及交代他们需要配合的工作，在完成所有工作后，才有时间了解一下当地风光和美食。

1月24日，周三。到石河子的军垦农场将军山滑雪场，在零下二十几度的冰雪天地里感受大漠雪飘，领略雪橇速度。摔了好几跤，但我还是掌握到了初步的滑雪技巧，真是冷并快乐着。我还粗略地看了一下军垦农场，对新疆的建设兵团建制有了更详细的了解。以前经常看司法解释，最高人民法院给下级法院发通知时都会提到新疆建设兵团人民法院，我对此还是很有好奇心的。新疆建设兵团在建设边疆上付出很多心血，可以说是我国在边疆地区治理上的一大特色。

25日，周四。来到乌鲁木齐。同学阿布还特意请了一下午假，他给我当导游，到民俗一条街"大巴扎"转了一圈。

和阿布在一起，我们聊了许多在北邮读书时的种种。我和阿布的硕士专业都是"宪法学与行政法学"，在北邮时期他是我们班的学习委员，而我也比较爱学习，于是我们经常一起讨论有关专业或者专业之外的事物。北邮读书的一年里，来自全国各地的民族骨干学生，在一个近一百人的大班级当中，在北京这样一个文化包容、大师云集的城市里，我们在这里相聚，书写着不同但又类似的人生。后来，我去了南京大学，阿布去了中国政法大学，但因为爱情的缘故，我也经常会去中国政法大学，因而我与阿布的交往便一直持续着，再后来我们都毕业了，我做了律师，而他去了新疆维吾尔自治区高院执行局及刑庭。这时候我们才发觉，我们所学的"宪法学与行政法学"几乎都被丢开了，但这并不影响我们对自己专业的热爱。

相聚过后，又是离别。26日，周五，回长沙。

由于刚到新疆不久，就从朋友圈看到金州所的同事曹远泽律师在乌鲁木齐出差，便联系他约定了一起回长沙，于是我们订下了周五下午的航班。我是先到了乌鲁木齐地窝堡机场，这里的安检非常严格，就连托运的行李也全部需要接受开包检查，每个人都需要脱鞋安检，男士还需解下皮带接受安检。

"他乡遇故知"，在机场见到曹远泽律师真有一种亲切感。当初在金州 20 楼，他的办公桌就在我的斜对角，我们的交往还是挺多的，后来我挪到 7 楼，他还是在 20 楼，所以碰面的机会便少了许多，更多的互动只是通过手机及网络。

这次见面，才发现我们都变胖了、变成熟了，也变老了。我们都属于律所里的青年律师，有过不同的指导老师，经历过不同的案件，也都有过相同的独立执业经历。我们还开玩笑说，这是金州所让我们这些青年律师来开辟西部新的市场，响应长沙市律协"对标行业第一方阵，走向全国最前列"的号召。

飞机于下午五点多起飞，四个多小时后抵达长沙，弟弟永祝已在机场等候着我了。

七年之后回银川

一

到西安出差，事情比想象中的顺利，有点时间，便联系毕业后留在银川的同班同学、好朋友李善鹏。之前一直说要来，结果也来了西北好几次，甚至新疆都去过了，就是没时间回银川看看母校及老同学。

人对于一个地方深深留恋，多都是因为他在那里留下了深刻记忆。对我而言，2007—2011 年，18—22 岁的本科 4 年都是在银川——北方民族大学度过的。在这里，我由一个懵懵懂懂的高中生成长为略懂人世的法律行业实习生，曾经上课的教学楼、自习的图书馆、生活的宿舍楼、晨读的操场都留在我的记忆里……

这一切，让我下定决心要回一趟银川。

西安的事情处理完后，我马上给善鹏打电话，他说开车到银川的河东机场接机，这令我非常感动。要知道我们毕业后已经很多年没有见了，见面后也聊了很多，虽然各自成长变化了不少，但还是以前那样的兄弟感觉。

我与善鹏最早相识是在学校的后湖，那时刚入校报名，我俩都住普宿这边。

银川9月初的早晨已经有点微凉，我俩在后湖相遇，彼此都拿着一本外语书到后湖边去晨读。千里奔袭，加之水土不服，在这陌生的大西北又没有任何亲朋好友，我们这两个大一新生很自然就搭上了话，而且还蛮聊得来的。我们聊着天真又执着的理想和抱负，聊到"为天地立心，为生民立命，为往圣继绝学，为万世开太平"，认为这一辈子肯定是要干出点儿成绩来的，所以现在必须好好打基础，将来还要考研。刚进大学，都已经听到过许多种关于大学生活的版本，但我们要做的肯定是一门心思花在学业上的那个版本，但说考研，具体要考的学校当时都还不清楚，但心之所向，肯定是全国前十的名校吧。真可谓初生牛犊不怕虎啊。

那年代，我们没有手机，当时也没特意去问对方在哪个班级。但就在当晚开班会的时候，抬眼所望，发现我们居然是在一个班，法学院075班，这"男人与男人之间的缘分"也算奇妙吧。

首先是新生的自我介绍，然后环节是班干部竞选，记得我和善鹏都参与了竞选。我是湖南人，善鹏是湖北人，两个南方小伙子还带着浓厚的家乡口音，用"参差不齐"或者"五音不全"来形容我们的普通话都不为过，于是我们双双落选了。现在回想起来，还记得那演讲时所伴随着的紧张、脸红、结巴与吐词不清，现在我们却都做了律师。事实证明经过学习和努力，一切都可以改善或改变，一切都可以是向好而生的。

航班从西安起飞，只要一个多小时就能抵达银川。善鹏早已在机场等我，等车进了银川市区，又在银川中院接上另一位同学，也是就善鹏的妻子——佳丽同学。此行目的地，是善鹏和佳丽的温馨小家。

毕业已经7年，善鹏已经成为两个可爱孩子的父亲了，善鹏的父母亲也从湖北来到了银川生活，一大家人其乐融融。虽然这还是我第一次与善鹏的父母相见，但感觉他们已经对我非常熟悉，对我的成长经历很清楚。善鹏的母亲备好了一桌饭菜在等着我们，而他父亲则拿出了从湖北老家带来的珍藏老酒，要与我喝上几杯。我不擅酒，但还是礼貌性地小酌了一些。

小饮之后聊的，便都成了"酒话"，我们从2011年直聊到2018年，聊时光飞逝，我们如何努力学习、工作和生活。这7年时光丰厚了我们的经历，但突然间发现那些磨难与艰辛并不想诉诸于口。此际，我们都是成年男人了，就得如《老马》一样，"身上的压力得往肉里扣"。善鹏毕业那年没有考研，他选择了做中国法学会组织的公益法律服务志愿者活动，开始也不怎么顺，"屋漏偏逢连夜雨"的时候也有过，但他都扛过来了。

我听了，想想自己的经历，也是好生感慨！我们都扛过来了，就打开了另一段崭新的人生，经历的磨难也算是一笔宝贵的人生财富。

这夜，我们一起回忆青春往事，一起谈笑风生，宛如依旧少年。

◎ 2022 年留影

二

第一次接触律师行业，就是在银川，当时还是王新元老师带我入门，引荐我到他所在的律所实习，后来他还介绍我到西夏区检察院实习。

我的想法也很简单，我虽然学的是法律专业，但我并不知道自己更适合、更喜欢哪个行业。法律专业毕业后对口的单位无非就是法院、检察院和律所吧，但是不了解又如何正确选择呢……于是，我想如"小马过河"

一样，自己蹚一遍试试。

　　因为早先在法检都"试"过了，所以在硕士毕业后我毅然选择了做律师。但我在实习时候得到的帮助和指点，真是让我获益匪浅，在此，我想特别感谢银川西夏区检察院赵佩真老师、贺兰县法院高波老师，以及江苏省高院张璐璐老师。

三

　　我回到了银川，自然是要回母校去看看的。善鹏邀请了部分留在银川及周边工作的同学陪我一起回母校去走走——这也是我千里迢迢赶回来的原因之一。

　　北方民族大学是国家民委直属的高校，面向全国招生，并且各省份的招生人数差距不大，所以学校里的宁夏本地人并不算多；多数同学在毕业之后都会回原籍，但也有一部分人在这儿留了下来，成为新一代的宁夏人。

　　几个同学到熟悉的校园再走上一圈，一切都是那么熟悉而又陌生：熟悉的是这里的一草一木一砖一瓦，陌生的是一张张面孔一个个眼神，那都是我们再也回不去的从前。但我们看着这些陌生的年轻人走过，恍惚间就像看到了当年的自己，正走在去图书馆、足球场、后湖、餐厅的路上，仿佛就看见自己正骑着自行车、背着双肩包在校园穿梭。

　　不过，这一路，有时是一个人走，有时是一群人走，有时大家走着走着就散了，有时候走着走着又重新相遇。

同学见面，总免不了要相互爆料和八卦，在"三杯两盏淡酒"之后，聊点儿开心的话题，或者越聊越"专业"，各自都讲起了在法院、检察院、律所工作时所遇到的种种。原来很多事情是老师不教也教不来的，理论与现实也是具有一定差距的，我们带着理论走向实践，这些年都有着太多的积累。

于是，我们肯定已经不是当年那些个懵懂的大学生了，我们现在都具备了相当的能力，能为社会做贡献了。同时，我们也具备了获得报酬，得到良好物质及精神财富的能力。

四

再长久的相聚，也会有分别的时候。人生有太多必需的离别，可是我还没开始启程，就开始了想念。我必须与我的银川、我的母校、我亲爱的同学们再次告别，重新投入到我火热的工作与生活当中去了，于是我盛情邀请大家也来长沙找我玩儿，同学们也连连点头。可是，再见，到底又会是何年何月呢？

善始善终，离开银川的那天，依旧是善鹏来送我。

这就是我的兄弟、我的母校、我的银川。我非常感恩，能与你们相遇相知，距离或远或近的，但我们会是最可信赖的朋友。

到北京听课学习

一、切入

从读书、律所实习的时候开始,我一直有关注北京的 iCourt 法律课程学习平台。

2013 年,胡清平、采娜、诺诺三人开始创业,我经常看到他们的微信软文、拍得很有视觉冲击力的图片,以及法律与科技融入的产品。

2015 年,我从南大毕业后便与当时的女朋友(现在的妻)一起回到长沙,我们就在现场听了胡清平校长的演讲,他用浓厚常德味儿的普通话展示着自己不寻常的思想与才华。我全场听完,虽然多数内容都忘了,但胡校长的思想与格局却深深影响了我。这群人在做一项伟大的事业,在尝试如何为"精英中的精英——律师群体"服务。

我在南昌出差时接到了诺诺的邀请,她问我是否有时间参加农历年前的最后一次培训及年会,课程免费,差旅住宿自理。这群人的创业,我是一直有关注的,获得点对点的邀请我也很开心。毕竟我现在也不是刚毕业的"穷学生",就是花钱也得去捧场学习啊,何况这还是"免费的午餐"。

看看行程表,当时正与赵玉华律师一起备庭一个江西高院的民商事案子,15日开庭,为了不辜负当事人的重托与信任,我12日就到了南昌,庭审顺利。长沙也约了几波当事人呢,我现在必须赶回去。22日要去深圳走访顾问单位及开庭。算起来,我在20日刚好可以自由支配。得知我可以报名,诺诺便提出我还可以邀请最多两个的团队核心成员一起来学习,以保持"思想上的同频"。

"思想同频"这句一下子就打动了我。与事业合伙人保持在"思想上的同频",我一直是这么想的,但没有找到一个如此精准的词汇来形容。合伙人之间的同步很重要,很多时候走着走着就散了并不是因为利益的分割出现了问题,而是思想上已经不在同一"频道"。

想到此,我便立马给我的事业合伙人陈剑律师打电话,问他是否开庭,不然就同去北京参加iCourt的法律课程学习。我说,我也是第一次去北京iCourt总部参加他们的活动,根据我们的判断,此行绝不会后悔。后来,事实也证明了我的判断是正确的。iCourt从2013年创业,到现在已经是拥有300多人的团队,在北京四环边有独栋的四层写字楼,年创收数亿,这些数据都是"硬通货"。

开始,陈剑说他要去永顺老家喝喜酒呢,我立马劝说道,除了开庭可以,其他一切都要靠后,我们就一起去北京。30岁左右,正是我们的创业时期,吃喜酒这种事情当然重要,但和工作和前途比起来,酒宴又不是必吃的,人情到了都好啊,对方会理解的。接着,我们就在电话里聊了一些关于iCourt的情况,我也与陈律提到了"思想同频"这个词。能同频的人更向往更同频,就这样,陈剑瞬间就决定了要与我一起去北京。

我打开手机查了查,发现长沙至北京的往返机票都很紧张,我还算着时间要赶去深圳出庭呢,必须马上订票——就这样,陈剑律师便在"还没获得太太同意"的基础上,单方面确定"太太一定会支持我的工作"——当然,正好我也是这样认为的。这时候,我还在江西南昌,陈剑还在湖南湘西,但我们立刻下单买好了去北京的机票和回程的高铁票。

二、抵京

毕竟在北京邮电大学读过一年书,北京的一切都不陌生,我约了两位湖南老乡和同学相见,这都是可以一起交流思想、共叙乡情之人。他们一个是在国家某部委工作的龙凤钊大哥,另一个是在中建总部工作的胡鹏同学。

我并不求他们办事,彼此间没有任何利益关联,且我只给龙大哥的孩子带了点儿我妻子倩倩亲手做的甜品和点心。想当年在我读研的时候，我经常会到法大看倩倩，也会找找正在法大读博的龙大哥请教，同他探讨一些学术及人生问题。而胡鹏则是一起搞过"北邮青年民族读书会"，当时他是第一负责人，而我是骨干，虽然读书会活动只搞了几期就"被夭折"了，但大家都处得挺开心。

现在老友重逢，忆往昔，曾莘莘学子，看当下，现职场中坚；"粪土当年万户侯"自然是没有的，当年只有热血和青春，且现在也还是有热血和青春的吧。现在，我们还能"中流击水，浪遏飞舟"。

三、入场

20日，早早起床，iCourt有统一安排大巴车到酒店来接。这还是我第一次来到iCourt，它的每一个细节都很打动我们。参训人员都在上下楼层不断走动、参观、拍照、交流。对于我这个好奇心比较强，又比较喜欢拍照、喜欢与人交流的人来说，看着"模仿"谷歌及苹果装修设计风格的办公环境，感觉就像是一个孩童正在河水中嬉戏，首先就从感官上喜欢上了这里。待到后来听完了一整天的培训课程，更是让我从思想上也爱上了此处。

我想，若如胡老师演讲所言，很少有事物可以长期存活，若iCourt这艘船真有面临沉没的一天，而他们的初心并没有改变，我想我是愿意注入一部分资金来给他们造血的。我相信，还有更多的律师校友也愿意为他们的理想与事业而做一名"天使投资人"。因为，iCourt 是真正懂律师、真正地为律师和律师业态良性发展而奋斗。

在 iCourt，我们随时可以找到法律人特别是律师圈的共鸣。我待过 5 家律所，有些规则与潜规则也略知一二，只是在有些场合的交流中都会有所避讳，于此，老师会加以引导，彼此之间可以敞开心扉交流。校友们来自五全国各地，你可能已在自己的城市自我感觉良好，但在这里其实并没有什么知名度，甚至只是"井底之蛙"；在此，你可能认为自己在同龄人当中已算做得很不错，对未来有着无限憧憬与希望；在此，你可能发现刚刚学校毕业的律师，通过专门研究最高院、高院的判决，通过大数据分析，就能反向、主动地寻找客户，为当事人获利 1000 多万元，实现了一个案件创收 130 多万元。

当然，也可能你只想在"舒适区"耕耘自己的"一亩三分地"，但到了这里才发现这个世界根本没有"世外桃源"和"与世无争"，整个世界都在高速发展，你若不跟上时代，不主动去拥抱未来，待未来来时，你便会被时代抛弃，或许连一声"再见"都听不到。

四、交流

在 iCourt 大楼里待了整整一天，我没有早退，临别时仍意犹未尽。

iCourt 的工作人员主要是法律人及网络工程师，法律人能即兴演讲、侃侃而谈都"不足为奇"，但 iCourt 的工程师一样不怯场，甚至擅长与人交流，还略懂法律，这就是 iCourt 的"厉害"之处了。在胡老师、采娜、张萌等其他老师的分享当中，我才了解到，这些都是 iCourt 的内训培养内容。

大家都知道"人是可以被改变的"。就拿我自己来说，走出县城来到北方的大学，浓重的湘味普通话几乎只有自己能听懂，见到女孩子说上几句话都会面红耳赤，更不要说站到数百人的大会上去发言、演讲。但随着不断地锻炼和学习，读书与当律师给了我太多的机会学着改善不足，最终使我可以从容自信地在众人面前谈古论今、引经据典。后来慢慢观察周围，发现许多律师也都有类似的成长经历。这世界哪有那么多天生就会，无非都是多下功夫苦练，最终站到最优秀的层面上去。

这一天的课程安排得非常紧凑，一个钟头的老师主讲分享，接着又有几位老师陆续走上了讲台，其中有法律产品介绍，这是我比较感兴趣的内容，于是在讲课的茶歇时间，我又是去了解法律产品，如"智能法律顾问""法税系统""高端诉讼"等，又是去拍照或者与同行交流，忙得不亦乐乎，收获很多，很开心。

在活动现场，我见到了微友瑞唐所主任陈春林律师，于是也聊了几句。接下来，通过 iCourt 张萌分享的陈律师案例，我们了解了一个财税方面的专项法律意见书是如何为当事人节约了 100 多万元。我还认识了贵州惟胜道律师事务所的王小丹律师。对于贵州的"律师生态"，我算颇为了解，毕竟 2014—2015 年还在南京、北京上学期间，我就因为爱情的缘故而到贵阳实习了一年半时间。当时谁都不认识，我面试了贵达、君跃、中银、北斗星等十多家律所都不顺利，最后是贵州兴商律师事务所主任范述喜律师让我做了他的助理，实习底薪 3000 元每月，但有提成。于是，我就在贵州开始了我的第二次律师实习生涯。在范律师对我的教导与关怀下，我的诉讼案件的办理思维及能力得到了良好的锻炼，还在此办理了一个厅级干部、两个处级干部、一个公安部侦查的刑事案件，几乎跑遍了贵州的各地级市，还代理过大大小小的民商事诉讼案件 50 余件。前不久跟着我、在我这儿实习的清华法学院大四学生向宣说，"我经历了以肉眼可见的速度的成长"，我当时也是这样的感觉。

我还在活动现场看到了宁夏兴业所的任立华律师，上次我回银川母校，与善鹏一起参加他们所的庆典活动就见过任律师，平时有关注他的微信动态，知道他是一个很能"折腾"，也爱在全国各地到处跑，但现在看看，他正在认真做笔记呢，我也就没有过去打扰。

看来，能到这里来的，多都是一群热爱"折腾"、渴望改变、正在改变的业内人士。胡老师说，人其实都希望交流，律师更渴望交流，iCourt 为律师们提供了这样一个交流平台，这是一个正面的能量场，对律师人生也会有着积极的意义。

五、触动

这次学习，对我触动蛮大的。我觉得今后要多来，还要邀请更多志同道合的律师朋友及非律师朋友一同来，并且要购买 iCourt 的课程——这是对 iCourt 的一种支持。我们做律师的，得尊重知识和智慧，自己都不愿意总是被"免费咨询"，当然更不能做只"蹭课"的人，毕竟"己所不欲，勿施于人"嘛。

由于在广深已经有点，深圳也有了 3 家法顾问单位，因而我在 2019 年计划，就是想有意识地往北京拓展业务，加强与北京同行、同学、同乡的联系，现还确定了以后还能多来 iCourt 听课学习、参加文化沙龙"橙三"，让办案子与学习同时进行，增加做事、学习的"黏度"及一致性。

在当下来说，律师代理市场空间还很大，刚刚法学院毕业的学生，哪怕是名校毕业出来从事律师行业，多数也只能拿着极低的薪酬，我们是否可以改变这种"食不果腹"的生态呢？不要因为"我曾经就是这样过来的"，便觉得让这个行业的新人必须从清贫开始入行，而是要使法律专业的学子能从有能有为的客观事实出发，拓宽就业渠道与执业环境，得到重视和重用，促成行业的健康良性发展。做律师的人有什么样的愿景、使命和价值观很重要，但挣钱也必须是很重要的一部分，因为生存和生存质量也是体现律师行业重要性的一个指标吧。所以，我觉得"前辈"更多的应该是带动、指点"后辈"，而不是打压和压榨廉价劳动力。初心不正，对律师行业和律师的养成，都是有害的。

成长难免有创伤，我在律师从业的道路上也是"否定之否定螺旋式上升"的，而这个定律对很多人都适用，包括大佬，也包括我。

在 iCourt 四楼有一个"上帝视角"的宣传栏，说有许多事情不能在同一维度来解决，得比它高出一个维度。也就是说，视野、格局、品格都不一样的人，就不要与他们有过多的计较。每个人的周围都会有各种"小人""眼红""妒忌""贪婪"之类的存在。的确有这样的人，他身上的恶会大于他身上的善，或者说他对你的恶大于对你的善。撕扯大抵是没什么用的，那么，我们就只能切换一个维度，实行"降维打击"吧。

六、晚归

采娜的分享成为一天活动的压轴，我们结束了在 iCourt 的行程。

这时，整整一天的兴奋点也随之高涨，一天没有休息，却也不曾感觉到疲累。这一天的"头脑风暴"给我们灌入太多的新思维、新方法、新模式。令我还在想该如何与事业合伙人陈律保持一致的步调，来一个"思想上的同频"。

要走得快，一个人走；要走得远，得一群人走。

我是一个走得比较快的人，同时也想走得更远。所以，这几天我常与陈律交流的就是"思想上的同频"及"寻找未来合伙人"。

七、结语

翌日中午，我与陈律从北京西登上了南下回长沙的高铁。

在北京西站，我们都深深感慨，十多二十岁的时候，我们就曾一起乘坐 K268 来北京转车，真是"忆往昔峥嵘岁月稠"啊。

在凯里高级中学的演讲稿

一

我叫付永庆,"付出永远值得庆祝",南京大学法学硕士,中共湖南金州律师事务所第五党支部书记,宣传交流部部长,合伙人,湖南省永顺县人,土家族。

我还有一个文言文版的人生概况介绍:"庆,三尺微命,一介书生,命途多舛,十三丧母,十五辞父,庆亦自强不息,茕茕子立,数十年已。"

听完以上介绍,你们内心是不是觉得我很惨?

以前,我也曾短暂地这么觉得过。但很快,我不认为自己"很惨"了。因为我从语文课本读到了孟子的文章,说"天将降大任于斯人也,必先苦其心志，劳其筋骨，饿其体肤，空乏其身，行拂乱其所为，所以动心忍性，增益其所不能"，我认为那一切苦难都可能是上天对我的一种考验。

我这样的说辞，当然显得有些唯心主义，其实我是一个唯物主义者，只是偶尔会唯心一下子。就这样，我们这些"命运不好"的人也就不会去"埋怨"父母或者社会了。父母将我们带到这个世界，但社会也一样在抚育着我们，我们还可以通过许多个载体来塑造自我，使人生实现更大的价值。

二

相信部分同学还记得我，因为在两年之前，也就是你们刚进高一的时候，我就与你们1班同学见过面，还做过一次分享会。现在你们高三了，马上就要高考，所以我又来了，来给你们打打气。

我妻子是凯里人，她从凯里一中毕业，后来读到了中国政法大学法学硕士。我妻子与你们的欧老师是高中同学。

年前，我与妻子商量，说今年想做一些公益活动，范围选定在欧中航老师所带过的这个班，我给他们演讲过，有感情。我给考上南京大学的学生奖励3000元，考上北京邮电大学就奖励2000元，具体细节和欧老师见面再聊吧……我妻子当即就同意了。

但我与欧老师联系的时候，欧老师说他现在正给3班和5班上课，于是提议我把范围扩大到1、3、5班。我说我得考虑一下，因为我也不是超级大富豪啊。我只是在成长过程中受到过许多人的帮助，而我现在想以这种方式将关爱传递下去。

三

正月初四，我和我弟一起到了欧老师家，除了朋友之间叙旧，具体还是要对接一下活动的事项。我把三个班同学的成绩单和名册都看了一遍，觉得你们的成绩都还挺好的，而我以前演讲过的那个班还是年级尖子班。很多人都是要考600多分的。就这样，我又和欧老师聊了一下，就把方案敲定了下来，想给考上南京大学的奖励3000元，考上北京邮电大学的奖励2000元。

同学们，不知道你们有没有注意到一个细节——我一直在用"奖励"这个词，而非"资助"。

卢梭在《社会契约论》中说过，"人生而平等"，我与你们也是平等的主体。当我与欧老师商议要以何种形式来体现公益，便一致认为还是"奖励"更为合适。"上天会默默奖赏积极进取之人"，我肯定不是上天，但我绝对愿意支持与鼓舞积极进取的那些人。我喜欢和积极进取的人做朋友，也希望将来得到了奖励的人或者其他有爱心的人，可以继续的，或者有比这更好的方式，将这份爱传递下去。

四

我以这种形式来设定奖励，最终目的还是鼓励你们努力学习，集中精力去考上理想大学，实现本阶段的人生目标。

同时，欧老师与我商议，请我给你们三个班的同学做一次演讲，就讲讲我自己的故事吧。而我，也愿意花一定的时间与精力，来与你们做一个这样的分享会。

你们会在以后慢慢明白，做公益有时也不仅仅是花多少金钱的问题，而是你是否真的用心、用时间付出过。我给你们讲一点，按照《湖南省律师协会收费标准》，我这样硕士的学历并且执业三年以上，法律咨询收费标准是每小时不低于1000元。所以，我为了准备做一个这样的高品质分享会，包括与欧老师沟通的时间、写稿件所费的精力与时间等，的确是需要用心付出的。当然，从中我也会有收获，那就是收获了马斯洛需求层次理论之"自我价值实现"。我是从一个需要别人帮助的孤儿，努力学习和工作，到现在可以在校园里为大家做人生分享，我也很有成就感。再说，我今年的计划就是除了做好律师工作，努力挣钱养家糊口之外，还要抽出部分时间与精力为在校生做三次以上的分享会——你们是第一场。

我知道，你们来自黔东南州16个不同县市，甚至还有部分同学是我的湖南老乡，但你们都属于比较优秀的学生。看着你们，我就能想到了从前的我自己——但在我高一的时候，父母就先后离世了。我相信，你们都比我幸运。我经历的高三可以用"黑色"来形容，不知道你们是不是也是，但我此刻想分享诗人顾城的一句诗给你们，那就是："黑夜给了我黑色的眼睛，我却用它寻找光明"。

在父母去世之前，我家的经济条件还挺不错的。我父亲在 20 世纪 90 年代末的时候就是个"包工头"，他是靠苦干出身，也没读过大学，只是通过自己的一身闯劲拼劲积累了一定的财富，所以父亲特别希望我能够考上大学，圆他的大学梦。

我当时的成绩就如我家当时的经济条件，是属于比上不足但比下有余的。我经常与父亲明里暗里的"较劲"，但这一切都随着相隔不久的两场意外而结束，我母亲是交通事故，我父亲是医疗事故，家里面的财产我们也基本没有分得。

不知道你们现在的课本里是否还有鲁迅的《祝福》，里面那个"祥林嫂"的角色曾留给我非常深的印象，祥林嫂命运悲苦，最后只是成为旁人茶余饭后的"谈资"。我就绝对不想成为祥林嫂那样的人。

父母去世对我的触动是彻底的，改变也是彻底的。

我记下了许多激励自己的句子，比如，"有志者事竟成，破釜沉舟，百二秦关终属楚；苦心人天不负，卧薪尝胆，三千越甲可吞吴"；比如，马丁·路德·金的《我有一个梦想》之"从绝望之石上劈出希望之火"……高中时期，我几乎每天都是宿舍最早一个起床的，接着跑步、吃早餐、晨读，然后"文山题海"。最终，我考进了二本的北方民族大学，但我那时已经很开心了。因为,在那个阶段,二本都是我最大的极限。

上大学后,我也是比较积极的那类人。大学的生活,就不对你们做太多分享了,但我肯定也属于追求上进的那类人,在读大学的四年时间里,我阅读了两三百本书籍。当时,党和国家的政策已经很好了,学费每年2600元,考研还有少数民族骨干计划,简直就是专为我这类学生准备的,于是我就在大四那年考上了南京大学法学硕士,又在北京邮电大学读过一年,全面拓展了见识与学识。

在读大学和研究生期间,我通过努力,终于实现了能将命运掌握在自己手中,在假期到法院、检察院、律所实习,在校期间则认真学习,多结识志同道合的同学与朋友,大量阅读,以文会友。这些,后来都成了我事业的基础。

2011年在北邮读书,我幸运地认识了妻子,然后我在2015年硕士毕业,到长沙工作,然后独立执业,至今。

我还想给你们穿插讲一句话,那就是在我读大学的时候,听过厦门大学化工学院李清彪教授的讲座,其中他对于大学时期的爱情的建议是——"不要因为一朵花而停留了你前行的脚步,你属于远方。"

据说现在,连初中生都开始谈恋爱了,那么,我也想将这句话分享给你们——"你属于远方",远方在哪里呢,也许是硕士期间?会有他(她)在那里等你。不管怎么样,你们现在专心学习,不要辜负那个也在好好学习,却依然在等着你的他(她)。

五

也许在座的各位并不能全部考上心仪的大学,其实也没有关系。高中时的我考不上心怡的大学,但经过持续地努力,后来还是考上了。一招可以定一次胜负,但人生并非只有一次胜负就能决定,路遥在《人生》中说,"人生的道路虽然漫长,但紧要处常常只有几步,特别是当人年轻的时候",你们现在就先掌握好面临的这关键性的一步吧。

当然,我也在这里表态,在座的各位同学即使本科没有考上南大,如果有非南大本科,后来能像我一样在大四里直接研究生考上南大的,我照样给予3000元奖励。我会将联系方式留给你们的,当然你们考上了再找欧老师要我的联系方式也行。

人,是一种很讲氛围的"高级动物"。我只是希望,在我们之间能够形成一股正能量的场域与氛围。并且,我相信肯定能够形成,我期待在5年、10年之后,遇见更优秀的你们。

最后,我还给你们再穿插讲个小故事,今天和我一起来的还有我亲兄弟付永祝。他原来只是初中毕业生,在长沙开挖机,但他现在一边读大专一边开挖机,听说了我与欧老师商议奖励学生事宜,他就主动提出也要参加到这个活动中来,愿意奖励一名考进北邮的学生,并且已将2000元交给了我。付永祝说:"对于金钱,许多人永远都觉得不够用,但不管钱多钱少，能拿出来做一些有意义的事情，我愿意。"

在这里，我还想进行一点儿人才储备方面的演讲。

我是学法律的。对于未来读什么专业，你们可能暂时没有太多概念，但将来谁读大学选择了法学专业，或者未来想从事法律工作，可以记下我的联系方式，将来和我联系。我会给予你们指导，也可以安排到我身边来实习和应聘，在相同的标准下，我会优先考虑在座的你们。

德国著名法学家拉德布鲁赫说，"很多诗人是从法学院逃逸的学生"，我所知道的，著名诗人海子，他的本科就读的是法律，最近很火的国产科幻片《流浪地球》，导演郭帆本科也是读法学院。所以，将来你们也可以考虑一下法学专业，我期待与你们一起为中国的法治化进程添砖加瓦——哪怕将来会有"逃逸"的一天，也同样可以做出很拔尖的成绩。

六

最后，祝同学们新年快乐，身体健康，学业有成，考上理想大学，多几个考南大、北邮。

谢谢各位同学！

在南京大学的演讲

一

先讲一下为什么我们会有今天的见面会吧。

今天在座的学生应该多数是法学院及社会科学实验班的学生。我们南京大学法学院毕业的学生自发搞了一个"南大人法律圈",不知道在座的各位同学是否了解?它主要是为校友们提供一个可以交流、合作、求职、招聘等的平台。前不久,我们还组织了第一届"金陵杯"南京高校模拟法庭辩论赛,据我了解,相关的经费就是由法学院在南京的师兄师姐赞助的。不过,这也是应该的,这些校友都是成功的律师。鸦有反哺之义,受母校的培养再反馈母校,义不容辞,也包括将来的你们。

我们南大人法律圈有自己的公众号，有兴趣的同学可以关注，上面也有转载我个人公众号的文章。有兴趣的同学，也可以在关注"南大人法律圈"之余顺便关注一下我个人的公众号——付永庆。

这个组织的主要负责人是上海市协力（南京）律师事务所合伙人律师王晶师兄。我也是这个组织的发起人之一，"南大人法律圈"2019届服务委员会名誉委员。

我在微信上与王晶师兄早认识了，但是，我们在去年底双方都在深圳出差的时候，才见上第一面。为了这一次见面，我深夜打车花了两百多元钱，可见咱们南大人的情谊。双方交流了一下，发现彼此更加对味，我们就如何服务、整合、利用好南大法学校友资源进行了一些沟通，也相互了解了各自的状态。

今年初，我在一所高中的高三班级中也做过一次讲演及特殊方式的助学活动。除了用语言鼓励高三学子好好学习外，我还对他们进行奖励，并且属于"附条件"的奖励，我们学过法学的应该比较了解这种民事行为方式。

这三个班级的学生，他们考上南京大学的奖励3000元，考上北京邮电大学（也是我的母校）的奖励2000元。后来，在我讲演完，我弟弟也自愿奖励一个考取北京邮电大学的学生；我的一个学长自愿对一名考取其母校华中科技大学的学生奖励2000元；一个同事自愿奖励两名考取其母校湖南师范大学的学生，每人1000元。

这个讲演结束后，很多人也表示愿意和我一起做一些类似的事情。我发现我在做一件很有意义的事情，它给我带来了不同于做好律师的另外一种成就感。

师弟杨国鑫同学今天邀请我到母校南大来做讲演分享会，我很开心，毕竟这是来自母校的邀请，就如同一个孩子得到自己母亲的肯定一样。当然，接到邀请时我是很犹豫的，怕讲不好，毕竟是母校，如果丢丑可是真丢到家了。我是 2015 年才离开这里的，从南大毕业的学生，比我优秀、成功、能说会道的不计其数。另外，我也害怕"流言蜚语"，毕竟"人红是非多"。我把我这些担心与邀请者及好朋友说了一下。后来，一位老总的一句话让我坚定了来做一次分享会的信念。这个世界上，有 20% 的人天生喜欢你，有 20% 的人天生不喜欢你，我们更多的是要争取那 60% 的人来喜欢你。我发现这定律非常准，无论结交朋友，还是做律师、接触客户，都是这样的。当然，我还是希望你们都喜欢我。

看到你们这一双双充满期待与憧憬的眼神，我仿佛看到了以前的自己。

二

在来之前，我与知行社的万芊同学了解了一下我所讲演的对象，多数是法学院学生和社会科学实验班的学生。挺好，对我而言，你们几乎都还是一张白纸，还有很大的塑造空间。何况，我自信我的讲演内容对于你们来说是百益而无一害，不然，学校也不会给我们提供这么大的教室，让我们一起在这里"玩"。

法学院的学生，已经选择了法学专业，你们就好好学习吧。

作为一个法学院毕业的学生，一个法律人，一个专业人士，我给你们讲的内容，还是要有一点儿干货。

法学理论，我相信你们的老师，也是我的老师，在学校里会教给你们的。我更多是结合我自身的情况来给你们进行一下实务及人生选择方面的参考和指导。

前面我已经做过了自我介绍，我在高一的时候成了一名孤儿。我们都读过高中，知道是什么日子。我也是从那个时候开始我的人生奋斗及规划。

在我父母离开我之前，我的整个家庭在我们那个小地方还算不错的。有句话说得好："看一个人的成功，并不是看他在巅峰的时候，而是要看他跌入低谷时的反弹力。"高中时经历失去亲人的变故，可以说是我遇到的人生最大的低谷，我便开始了我的反弹。

三

通过努力，我考上了北方民族大学，学的是法学专业。

进入大学后，我给自己定了另外一个目标，一定要进中国前十强的学校读研究生。这其中，当然包括我们南京大学，所以你们比我更优秀也更幸运，本科就已经在南京大学上学了。

为了这个目标，我从大一的时候就开始准备了。

当然，大一第一学期，我也有过短暂的迷茫及不知所措。我依然是每天早早地起床，却发现绝大多数同学都把我视为"异类"，因为更多人在睡懒觉，突然有这么一个人一直这么努力，打破了他们的舒适区。他们不愿意有这么一个人用实际行动来时刻提醒他们——这样天昏地暗地活着是不对的。

那个时候，我每天坚持早起，到学校操场跑步、读书。慢慢地，也就认识了一批朋友，并且这些人一直到现在还是朋友。他们几乎都考上了研究生，有中山大学、华南师范大学、同济大学等。

早起，晨读完了，我就会去图书馆自习。在图书馆，我又结识了一批朋友，他们多数是我们05级法学院考研的学长学姐。他们备战考研的时候，我就一直跟着他们一起学习。

学习是需要讲氛围的。有人和你一起并肩作战，你收获的不仅是知识，还有友谊和人脉。

整个大学期间，我基本都在图书馆和球场度过。我一般一周会抽半天时间打球，为的是将来有革命的本钱。我大概读了200—300本书籍，文史哲都看，读书笔记也写了四大本，自己也写了不少文章。其中有一首《思归》的诗，至今还记得：

大漠雪飘风漫漫，南国花开雨潺潺。

问君何时归故里？不缚苍龙誓不还。

那时我刚到北方不久，按照老家的季节，应该还蛮炎热，一个人独自坐在图书馆，窗外下起了雪，我灵感一动，就写了这样一首诗，以表达我的鸿鹄之志。

作为法学院的学生，有许多经典书籍我们是需要读的，比如，卢梭的《社会契约论》、孟德斯鸠的《论法的精神》、贝卡利亚的《论犯罪与刑法》、罗尔斯的《正义论》、托克维尔的《论美国的民主》、朱苏力的《送法下乡》、冯象的《木腿正义》、费孝通的《乡土中国》、熊培云的《自由在高处》等。

我不知道你们现在读了多少。我们学的是法律，法律的制定是有其社会背景、制度背景及法律精神的。对于一些社会热点事件，你们是不是会结合专业进行思考并撰写一些文字呢？

"法不容情，法又不外乎人情"。比如，贝卡利亚就是一个"废除死刑派"（简称"废死派"吧）的代表，他在《论犯罪与刑法》里的一些文字至今值得我们去思考。我读书的时候，会把一些经典文字给摘录在读书笔记里。

比如，人们可以凭借怎样的权利来杀死自己的同类呢？死刑就是国家对于个人的暴政。我们动用国家机器来打击犯罪嫌疑人时，个人其实是很渺小的。所以，我们需要公检法的分权与制衡，也需要律师制度来为犯罪嫌疑人辩护，防止出现佘祥林、赵作海这样的冤假错案。

四

除了在校的读书学习，社会实践肯定也是必不可少的。

霍姆斯大法官有一句名言，"法律的生命在于经验，而非逻辑"。这个是为了显示经验的重要性。

我们作为法学院的学生，实践经验也特别重要。我也将我的社会实践经验分享给你们一下。

我是 2009 年开始接触律师行业的，那是大二结束的暑假，通过老师找到宁夏合天金天平律师事务所实习了一个暑假。那时是没有实习工资的，我每天上班还要倒两回公交，一趟就一个多小时，后面实习结束，带我的老师给了我实习津贴 600 元，我很开心，那是我通过法律知识拿到的第一份报酬，还帮当事人写了一份诉状，给了 50 元，老师将这钱也给了我。

后来，去了北京市中银（银川）律师事务所、江苏刘万福律师事务所、贵州兴商律师事务所实习，最后到现在的湖南金州律师事务所工作。每月工资也是经历了 600 元、800 元、1000 元、1500 元、3000 元、5000 元、7000 元不等，到现在自己带团队给别人开工资。

在校期间，我利用寒暑假及学校没有课程的情况下，在银川市西夏区人民检察院公诉科、银川市贺兰县人民法院执行局、江苏省高级人民法院审监二庭全职实习过，在法检机关实习，是没有钱的，我照样认真对待，带我的老师也教了我很多，现在还保持着很好的关系。

其实，我是在学《小马过河》，相信大家都知道这篇文章，水深水浅其实只有自己蹚水了才知道。那个时候，我也不知道自己喜欢、适合做哪个职业，又想从事与法律相关的职业，法院、检察院、律所全部转了一圈，发现自己还是最喜欢、也最适合律师行业。所以，在研二的时候，我就打算从事律师工作。

其实南大的硕士毕业生，真正从事律师职业还是挺少的。因为，律师这个职业，看起来很美，做起来很累，薪酬也不一定是自己所想象的。有些人可能担心，自己不认识人，又没有什么关系背景。其实，你们自身条件已经很不错了，"有关系利用关系，没有关系创造关系"，只要你本质不坏，在做积极向上的事情，很多人都是愿意帮助你的。比如，我们这些学长学姐，当然也包括我。只要你们主动开口，我们都愿意给予帮助。

我实习那时，第一次去律所，也是让老师帮忙介绍的。因为那时每次上课我都坐前面，从来不逃课，认真听讲，老师很欣赏我。后来，这位老师跟我分享了一句话，"任何一个时代和社会都不会拒绝一个真正积极向上的青年人"，我的经验印证的也正是这句话。

你们想想，我一个孤儿，能够到这么多地方去实习，并且还能南京大学法学硕士毕业。除了时代的机遇，与自身的努力是分不开的。

一个人的成功，需要高人指点，贵人相助，亲人鼓励，小人监督。高人可能就只是个很不起眼的人，但他却在你人生的某个点给了你指导，让你坚定方向；在找准了方向后，就是不断努力，这个时候，需要有贵人帮助你；人生也并不是一帆风顺，在失意的时候，需要亲人的鼓励、打气，你才有坚持的勇气；无论取得怎样的成功，总有一些人会支支吾吾、明枪暗箭，也需要小人对你进行监督，不然容易忘记初心，自以为是。

我曾经的当事人，在我刚刚独立的时候就聘请我做他的法律顾问。我也很坦诚地告诉了我的真实情况及背景。

他说，他选我，是因为从我身上看到了当年的自己，做事认真，不卑不亢。得到客户的认可，有一种很愉悦的成就感。

五

我是土家族。读本科的时候，我开始还在担心没钱继续读书的问题。后来，正好赶上国家的少数民族骨干计划，可以全公费读硕士，再加上贵人相助，自己已能在律所实习挣钱。通过四年的努力，我又考上了南京大学的硕士研究生；司法考试也于在校期间通过；公务员考试时，我又成功考上了银川市兴庆区检察院。

那时，发现有些同学还在为找工作发愁时，我却自己可以选择工作，这种感觉真的很好。当然，我是比较务实的，一边在律所实习挣钱、积累经验，一边筹划下一步人生怎么走。

选择面是多了，但到底是读书还是就业呢？请教了很多人，不同的人会给出不同的看法。最后，我还是选择了继续深造，先到北京邮电大学，然后到南京大学。

在北京与南京读书的时候，更加开阔了我的视野。如果条件允许的情况下，我建议你们将来还是都去读研。你们现在本科读的就是南大，起点更高，甚至可以出国看一看。考研的过程，本来也是一次修行。

如果选择做律师，我可以给更多的建议，比如先选择城市，至少面试五家以上律所，对整个行情有所了解。如果有湖南籍的同学，毕业打算回长沙，那我们金州律师事务所肯定是要了解的，另外一个天地人律师事务所也是要去看看的，这些都是老牌的地方大所，并且现在还是。我们所现在长沙的执业律师有400多人，律师是很不好管理的一个群体，能够聚集到这么多，本身就是一门很深的学问。

另外，如果做律师的话，特别是刚入门者，我建议，首选好师傅，其次选好平台；如果二者兼得，最好；若师傅不带，在大所大平台，还可以寻找机会，另觅良师或自力更生，不必考虑换所折腾，免得浪费太多光阴；若师傅带，小所也可；若二者均无，赶紧换所换人。

更多的是需要你们像"小马过河"一样，亲自去过一趟河就知道了。

如果今天有同学选择了法学专业或者已经选择了法学专业，我希望我们法律人还是要秉承一定的"天地良心"。我们毕业后，多数都是进入司法部门或者与司法相关的部门，手握"利器"。

慢慢地，我们都会更加懂得这个社会的运行规则，懂得如何更好地为自己及家庭谋求利益。但，我们也不要做一个"精致的利己主义者"。

因为，我们读的是南大，读的是名校。"名校，乃国之重器"。如果我们这群人，都没有太多的社会责任及使命感。那么我们这个国家、社会、民族就危险了。看看你们周边的人，都是高考佼佼者才进入到这里的，都是精英中的精英。

现在，社会上存在两种精英意识的对立："一种是因出身而产生的优越观念，一种是因教育而产生的责任意识。'低端人口'的观念是前者的产物，'无问西东'是后者的结果。"我希望你们，也包括我自己，都要一直秉承后一种有责任的精英意识，谨防内心向前者的滋生和蔓延。比如，不要看不起身旁比你学历低、成绩差的人，对于社会的弱者保留一些仁慈之心等，适当地做一些法律援助、公益慈善的事情。

我希望你们，多一份"舍我其谁"的意气，少一份"躲进小楼成一统，管他春夏与秋冬"的"明哲保身"。可能，我们绝大部分人都不能够"名垂青史"，但也不要做一个在社会上充满负能量的人。

写在路上

清晨,踏上北上的高铁,出差唐山。

在车厢里,听到有不少学生正在聊着考试种种,而我则坐在靠窗的位置上,闭目养神,补觉。

说是补觉,其实也睡不着,于是默默听着学生们的所聊,慢慢地回想到自己从前也与同学们一起坐火车去北方上学、回南方过年。于是,我又

◎ 办案留影

记起了大一那年所写下的一首"歪诗"。

路,一直向着光明

明日,我将踏上征途

去寻找那缥缈的梦

路,在远方

在山间水畔不断地延展

我一路披荆斩棘,独自摸索着

你看,我已经弄得遍体鳞伤

但我仍要

沿着这漫漫的长路

一直挪向光明

脚下的路啊

它总是太崎岖

还让人那么迷惘

偶尔,希望它遥不可期

可每当我要质疑

这时候

希望的曙光便一定会照向我

听着，想着，我到底还是睡着了，等我再醒来，车依旧行驶在华北大地上，我也补足了觉，但车内此时已再无喧嚣。我望了一眼窗外，是白茫茫的一片。不得不再次感慨中国的幅员辽阔啊，上周我还在深圳、珠海穿短袖沙滩逐浪呢，现在已身着羽绒服去领略北国风光的千里冰封万里雪飘了。

◎ 周末郊游

就这时候，微信里来了几条信息，问我是否在长沙，说材料已经全部拿到长沙了。我回复已出差，只能约回长沙后再见面聊。然后再次仔细阅读客户之前发给我的一审判决，若这个案件接了下来，对我而言就是可以去向更东北方向的案件了。也许，我还能顺便去看一看哈尔滨的冰雕吧。

如鲁迅先生所言，"我喜欢独处，也善于群居"，独处时可以思考，群居时会有许多欢乐。在这一整节车厢内，我是如此陌生和如此孤独，适合思考。

很自然的，就打开了电脑。

写点儿文字吧，前面不是一直说没有时间嘛！正好利用在旅途的空隙与孤寂，来勾勒内心的澎湃生机。

2019，三十而立。这时候我在长沙有车有房，有妻子有孩子，有合伙人有小团队，"普通人"的标准我都在三十岁之前全部实现了，比上不足，比下有余，也还不错了，有什么不满足的！重要的是，幸福的定义，绝非完全的金钱及物质，而是综合感受。

但是，真的不错了嘛！

我一再问自己——你是一个普通人吗？曾经的你是那样的激情万丈、豪情壮志。或许，你也就是一个普通人。你不是经常安慰自己知足常乐、今朝有酒今朝醉，也会不时地追剧、看电影。

一切都是矛盾的、相对的。以前的理想，去年的规划，有实现的，有落空的。不过都没有关系。自我调节、随遇而安也是一种不错的能力，在什么山头唱什么歌。重要的是"牢记使命，不忘初心"。

为什么选择法学专业,为何从事律师职业,这些都是初心时的选择,是否"青山依旧在,几度夕阳红"。

带着这些问题,思考了一下,路还很长,自己也还有时间,也不是我在车上的几个小时所能描述完毕的。想着去年,与好友陈律师从北京iCourt学习归来,于南归的高铁上写下了《到北京听课学习》的文字,今日于北上的高铁记下《写在路上》的笔记,这些都是我的人生、感触与收获。何况,我也还没有到人生只能用来回味的年龄,留有一些残缺及遗憾何尝又不是一种美。

索性,还是扣上笔记本,眺望远方,尽情欣赏这美丽广阔的风景,图画已有轮廓了,我享用的,仍是不知"下一颗巧克力是什么样的味道"的人生。